鴛鴦春膳

◉李昂／著

聯合文叢
397

生命之中，或許沒有什麼比飲食更華麗的……
吃喝，從早到晚從生到死，一場最華麗的冒險。

目次

【自序】華麗的冒險

1

童小吃過一樣東西，至今仍令我念念不忘，因為往後不論在台灣、在中國、在中南半島的僑社、更不用講在歐美華人社區，都不曾再吃過。

東西其實簡單，早年的鹿港，由小攤販手推著車沿街叫賣，燒著炭火中等的大鍋裡，一鍋咕咕冒泡的滾燙濃稠糖汁，餵養著一個又一個白又肥茶杯口大的扁圓麻糬。說定要幾只，攤販從熱糖汁撈起煮得甜膩軟肥的麻糬，在花生或芝麻粉裡一滾，便成。

現在可以明白，舊時手工捶打出來的麻糬方如此Q，糖汁花生或芝麻粉古法照規矩煉製，原汁原味香甜好吃一定不在話下。

當然更可以說，念念不忘的是當中的懷舊與鄉愁。每個人基本上都有一兩樣兒時的美食記憶、「媽媽的味道」，大都永難再重複回味、不能完整再現，方最為珍貴。我們也都知道，即便時光倒流真能重吃到那東西，多半也不是那麼好吃。

事實上，我們的美味記憶不斷的更新、甚且竄改——特別是當不再能品嚐到、不再能擁有時。

是的，更新、竄改，不只在我們的美味關係裡，在我們個人的人生裡，甚且在大的歷史敘述裡。只是在過去，我都還不知道這更新、竄改，可以如此輕易。

那是我開始使用電腦後。

一定要非常感謝同是故鄉人「宏碁」施振榮先生，推出可以在電腦螢幕上手寫的「平版電腦」，並送我一部，解決了我一想到要打字輸入便腦中一片空白、無從使用電腦的困境。

是的、是的，《鴛鴦春膳》是我用電腦寫的第一部小說，還是個長篇小說。

使用電腦於我最大的感動是，可以如此方便更新，甚至竄改。

《鴛鴦春膳》寫作的時間更是長達六年，包括一開始全世界性的追逐美食尋找材料、當中停下來寫了《花間迷情》。單篇之間也陸續有機會在報紙、雜誌發表，時間的流長使得有些修改成為必需。

可是最重要的原因是：這幾年台灣政局的變化。

我將部分寫好發表的篇章再十分關鍵性的作了修改，我成了一個「竄改」自己作品的作家。以後，也會因不同地區的出版，有不同的版本。

更新、竄改的作品用來書寫同樣更新、竄改的美食記憶，誰又能說不也是種極佳組合。然作成這幾個不同版本的背後，豈只是「滿紙荒唐言、一把辛酸淚」！

值得特別提出的另個「竄改」，是本書中關於飲、食的書寫。由於寫的是小說，關係到小說虛構的個別經驗與記憶，自然不能死硬的用一般食物的歷史、典故、作法來加以論斷所謂年代、考證、對錯。

要作這類功夫，針對的應是其他類別的飲食寫作吧！在此特別提出，以免有人「小題大作」。

2

這一切的基本，最始初並非來自那麼實質的飲、食，或與食物相關聯的高深文化、文明，也不是因此顯而易見的飲、食與政治、社會、階級、性別等等的探索。

而無寧是一種十分羅曼蒂克的憧憬。

是啊！比如深愛香檳的我，聽聞仍有不少上個世紀初的老香檳，流落在俄羅斯現今的高官富豪大亨手中。這些原來自舊日貴族、紅色政府官僚收藏的香檳，像王謝堂前的燕子，飛入的雖非尋常的百姓家，在新貴甚且是黑社會大亨的手中，也無寧十分傳奇與滄桑。

就坐趟飛機到莫斯科，可以不為紅場上壯烈的革命，也不為俄羅斯政經的變革，只是為了喝那我最鍾愛的香檳，以及，當中可以有的浪漫情懷。

是這些撼動了我。

又或者，坐在由舊日宮殿改裝的米其林三星餐廳，香檳、紅、白酒、甜酒、白蘭地交錯的酩酊中，恍惚之間，總願意相信，自己有一世是那公主、貴婦、甚且只是個小僕從，曾經在此用餐，才會有那麼強烈的似曾相識。

是這些讓我不惜全然投入、以身相許於飲食。

然「吃」基本上是一件十分殘忍的事：我們吃掉的事實上是我們能掌控、或巧取豪奪來的別的生命——動物自然是有知覺，但誰知道植物會不會流淚？

在「吃」這件生／死最極致殘忍的事上，我們還要講究美食、講究餐桌禮儀、氣氛情調，甚且無限上綱成最高深的文化、文明的表徵。事實上，呈現出的不正是慾望、制約、禁忌與消失。

中年作家寫作飲食，更能體會人生不正是五味雜陳？而「五味雜陳」交相混雜，不就是飲食！

美食，或者更簡單的說，對飲食的追逐，也協助我度過前陣子生命中最艱難的時刻，並開展出新的人生體悟。

要感謝的首先是我的父親，以今日的標準，父親稱不上是個美食家，了不起與我一樣只能當個「愛吃鬼」。但在我的童年與青少女時代，甚且之後來到台北，因著父親的愛吃，我們有過一段十分奇特的「美食」時光。

也使我有能力書寫這部小說，並將它獻給父親。

原寄望會只是個單純而美好的飲食小說，好作為對父親的紀念。寫成後並非如此，也只有希望父親在天之靈能接受吧！

當然還要感謝這多年來在美食、美酒上提攜我的諸多前輩、老師、朋友。在此就不一一列名致謝。

二〇〇六年底於台灣台北
政治最混亂的時刻

起 The Beginning

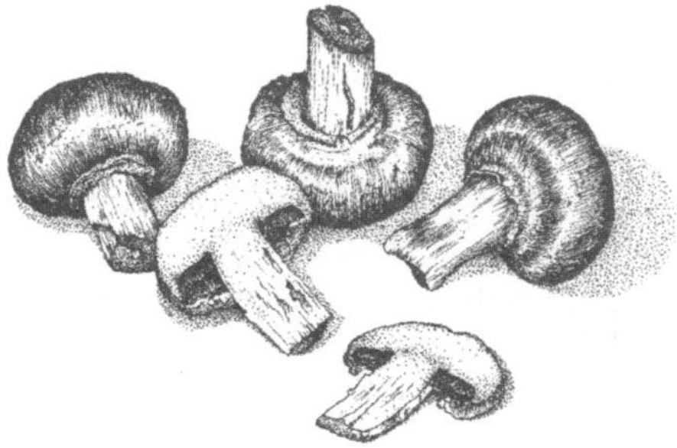

果子狸與穿山甲

1

她作小朋友的時候，當然扮過家家酒。

他們一夥，多半是女生，有時候有男孩加入，但機會不多。更經常的是她和鄰家的三、兩個女生一起，就扮起家家酒。

最開始，他們在她家院子的「防空壕」——戰時為防空襲挖的地洞裡。那地洞費工費時的建成，還有水泥鋪設的一級級樓梯及地面，恍若連躲避戰爭都是一件曠日廢時的事，得建造一個永久、牢固的所在。

然來到小鎮的戰事畢竟不曾持續太久，特別是為「盟軍」的美軍前來空投炸彈，已是戰爭末期，一九四三年，為著臨海的小鎮可能有軍艦靠近，或為著小鎮附近的糖廠。

（鎮民想不出得被轟炸的緣由。）

那一年間是有炸彈掉落，也炸毀幾幢房子，但戰後證實都屬誤炸。她在那「防空壕」裡扮家家酒的時代，還常聽人們說：

「從空中看差一兩吋，在地上可差好幾里呢！」

許久後她才瞭解，那炸毀她故鄉小鎮的，便是在空中差的一兩吋。

但到她扮家家酒時，小鎮已不見轟炸痕跡。（是已然重建，還是斷壁殘垣更形傾倒，終至不見？）

她扮家家酒時，鄰近還四處可見「防空洞」，走出她家後院穿過獸醫家前面的路，幾分鐘後便有一大片「防空洞」，只不過不像她家院子裡的，這裡沒有了蓋子，成一個個大土坑，雨後蓄滿了水久久不乾，浮在上面的有各式物件：只剩一只的鞋，斷了帶子的木屐、有破洞的傘、舊衣服、破布……死了的貓狗，還有雞鴨的屍身（鴨不是會游泳？）。

好似所有遺失的東西，都會在淹水的「防空洞」裡找到。那淹水的「防空洞」像變魔術，能將失落的東西變回來，只不知是哪裡出了問題，變回來的東西都殘了、破了（或者本該如此？）。

但她不會到這地方扮家家酒，她尚不曾察覺扮家家酒是有區域性的，這裡自是另一群孩子們的天地。她基本上不敢到這個地區，不是因著得多走差不多五分鐘的路，也不是因著獸醫家有一條大狗，而是因著大家都說，那地方鬧鬼。

她扮家家酒多半在自家後院的「防空壕」，那深入地下的「防空壕」未曾被轟炸，戰時家人曾躲過，然久未使用後整片土牆上長得滿滿的綠色植物，她不記得有花，但一定有光亮進來，才能使她能十分清楚的看到這一切。

「防空壕」裡不會有電燈裝置。

她想不起來何以有光亮。（從兩旁進入的樓梯透進來？）

她記得的是有水，水濕淋淋，土牆上有水滴落，有時候水泥地上也會有積水。但相較那獸醫家附近沒有蓋子、大半時候積著烏水的「防空洞」，她家院子裡的「防空壕」，仍是躲開大人扮家家酒的最好去處。

她的童年大半在此度過。

往後她沒有懷念那在「防空壕」裡，和她扮家家酒作「尪、某」的小男孩，事實上是她很快不記得那小男孩是誰。她一直懷想的是那一面土牆上滿滿的綠色植物。以她當時的高度，得仰望的牆簡直像一面山，山上有各式的葉子，長條的、橢圓的、圓的……還有結穗的、長小小果子的……

摘下來就可扮一桌各式各樣菜餚。

她真的是在扮——家家酒，不是在扮演什麼尪／某，老師／學生，醫生／病人……

她扮的家家酒一向是孩子們中最豐盛的，她用「防空壕」土牆上終年水濕淋淋的紅土作「紅龜粿」，果真去摘「粿葉樹」的葉子來襯底，她的「紅龜粿」上面還用樹枝畫出龜殼的六角圖樣。

秋天的時候，她將土牆上長的菅芒草結的長花穗一絲絲摘下來，當作米粉絲，她的「炒米粉」還加上紅花小花瓣與綠色青草，連大人們看了都說：

「樣子像極了，一定好看又好吃呢！」

她用給自己編辮子的方式，採兩端緊中間鬆，以長草葉編出一尾尾魚，「烏魚」、「吳仔魚」、「土鮀魚」……再用小小野果子裝飾魚的眼睛，一時紅眼綠眼棕眼白眼的魚都有。

（她尚不知道她為自己，建造了一個較熱帶魚更斑斕的世界。）

更不用講她將百香果挖個小孔，裡面的果肉倒出來吃，再將橢圓形的果殼一端切去兩塊，雕成一個有把手的小提籃，掛上細繩成為水桶，在「防空壕」積水處提水，嗯！好作湯。

要不這百香果小提籃也可裡面插滿花草、擺滿她作的各式「飯」、「麵食」……

（她尚不知道那叫 Passion 的水果作的提籃，往後會承載多少熱情。）

她一定從小就喜歡用手去沾惹許多事：

小手放入待洗的浸泡濕衣服裡玩弄，是要幫忙洗衣服，還是追逐陽光下七彩的肥皂泡泡？

小手在磨後壓去水分的糯米團裡捏搓，是要幫忙作年糕，還是要捏出個小人、魚、果子？

小手在水裡是要幫忙洗碗，還是要打水花，劈劈啪啪濺得身前衣服全濕，好一陣快意清涼。

……

她家幫忙的阿清官將她的小手浸在水裡，輕輕的打，要制止她。但她的媽媽放任她這樣作再趁機教導她。

她媽媽的看法是：

即便以後她大富大貴，家事全然無需自己動手，她也該懂得這些，傭人才不會拿翹，她也才能服人。

她被教導幾近所有的家事，但她媽媽又極疼愛這個最小的女兒，只要她玩票性的、懂得就好。

她學會基本上要學的家事，從清洗處理食材、簡單燒煮、到洗碗刷鍋收拾清理。

她因而不像她的堂姊，嬸嬸要她到廚房看灶上的水燒開了沒，堂姊去了後回來答覆：

「應該還沒有。」

嬸嬸有點擔心的問：

「有就有，沒就沒，什麼叫應該還沒有？」

「我把手伸進去摸摸看，水還沒有很燙。」堂姊回答。

「至少還知道水燒開了會燙。」她的媽媽撇撇嘴說。

她不曾伸手去探看水是否開了，她的手喜好捏捏弄弄，使她參與了更多，比如殺雞鴨後拔毛。

用刀割斷牲畜的脖子血管放血，一直是家中男人們的工作。將死了的雞鴨放入滾水中以便於去毛，只有媽媽、幫忙的女人阿清官（大人）能作。到她手中的是一隻熱騰騰、水淋淋剛從滾水中撈起的畜體，畜體還微溫——不知是原來餘溫還是滾水使然。

但要拔除的毛一定還是熱的、而且得趁熱才能除得乾淨，否則一冷掉又拔不掉了。所以最先都從翅膀的硬毛拔起。有時候畜體太大，像鵝，張開了翅膀可以有兩三尺長，翅羽根部又粗又硬，一長排插牢，像她這樣六、七歲的孩子，還是女孩子，真的拔不動，有一回還跌了個倒栽蔥。

坐在地上，自己哭了起來。

她拔的因此總是易脫落的毛，肥軟的肚子上的細毛，胸背的毛較粗，但較易拔除，有時候一搓，整片毛都掉了。

她多半玩玩，沒什麼耐心真的一根根將殘餘的細毛除盡，也反正總有母親或阿清官收拾善後。

她負責的多半是玩，手放在仍有餘溫的畜體上，有時候也認真的將一小塊區域的毛清除乾淨。有時候大人忙沒立時過來處理，她也會玩著玩著，手中的畜體冷了下來，但仍有很好的彈性，如同仍有暖意時的觸感。

她從來不覺得害怕。

即便畜體的脖子近頭處，一長道放血割切的傷口隨著拔毛的著力拉扯，愈扯愈裂開，愈裂開傷口就愈大，割裂的傷口仍有殘血流出，濃紅的血還有近黑色的血塊，那血塊捏在小手裡極為細膩的滑軟，指尖稍一使力，捉不住小血塊滑滑的溜開。

她從來不像與她年齡相若的堂姊妹們尖叫，哥哥、堂兄弟們通常對玩這些沒興趣、家人也不會讓他們參與。女生們則一定尖叫——「好可怕啊」，再用手摀著眼睛。

她唯一一次感到害怕是，為了擠玩那軟滑細膩的血塊，她將一隻鴨的脖子皮全扯了下來，露出一長截只有白白一層肉包的長條脖子骨。而脖頸為放血切開處，被她不斷擠壓，整個鴨頭又少了皮的沾黏，雖然沒全斷掉，側向一方倒了下來，她摸摸，只有靠薄薄的一層脖子肉附著。

記憶中第一次，她被母親打了，而且打得不輕。這隻鴨是七月半「普渡」要拜「好兄弟」的牲禮，蹧蹋成這樣怎樣拜拜，又不曾多備一隻，三牲變兩牲成何體統，「好兄弟」不責備才怪。

她不知道母親和阿清官怎樣解決這個問題，她只記她曾感到害怕——是因為少有的被打才感到害怕。更怕青面獠牙的「好兄弟」會來帶走她，「普渡」拜拜完後，她甚且不敢看那鴨子，更遑說吃每回都屬於她的鴨腿。

2

他們有一大家，她的父親和三房兄弟，住在以院子向外四散的幾棟房子裡。她出生的時候已是戰後，在她尚小不懂事時父親和三兄弟便分了家，極大的院子也以圍籬分成三區塊，她家分到地底下挖有「防空壕」的那塊。

她的父親有一個這樣的故事：

一個早夏的黃昏，不應有的熱，父親坐到後門乘涼。尚未分家，幾房男人們有的尚未回來，女人們正忙著打理晚飯，孩子們圍著等吃食，正玩鬧著。

偌大的院子那麼荒涼的寂靜著，日影正在西斜，很快從院子底端的圍籬撤走。

就在紅日下沉、遠天仍殘留最後一絲光亮，黑暗即要全然入侵時，父親說他看到一雙腳，只有腰部以下，不見上半身，兩隻腳跨著跨著，跨過圍籬方不見。

父親原不疑有它，以為是鄰人抄近路回家，也想是夜色掩去鄰人身影。但下一瞬間，影像重回，那下半身穿的是古早清朝人、他的父祖方穿的那種青藍色的「色褲」，才大驚心噗噗的跳。

父親有一陣後方將此事說出，但數百年老鎮那家沒有「不清潔東西」，並不曾在家族中引起大騷動，最重要的是往後沒有人再看過這下半身出沒，便認定是父親眼花。

但家族中又有愛「作公親、排是非」的伯父演繹：清朝有一種極刑叫「腰斬」，行刑的劊子手大刀一揮，刀過腰部事實上已將軀體切成兩半，但據說會有片刻，犯人全然不曾知覺只一陣冷颼颼掃過，待低頭一看血從肚腹湧出才知不妙，這時驚慌中本能的要跨步逃離，尚不知情的下半身還能往前跨好幾步，才腰臀一偏，倒下。

便在上下半身分開的剎那，留在原處的上半身虛懸，被斬斷的白花花腸肚、牽牽掛掛的腸子流下吊掛，切成半片的脾、胃、腎咕嚕先下墜，帶著下流未盡的腸子，再應聲撲倒。

有人認定父親是看到一隻被腰斬的鬼下半身最後走的幾步路——尋覓著怎麼突然不見的上半身。

父親不曾多說，像他一貫作風。但及至她長大，仍記得父親形容那「色褲」的青：青稜稜。

父親一定確信他見到了什麼。

這是父親除了教她以福佬話背中國唐詩、教她背《三字經》外，少數講的故事。是父親講的「童話」。

在外經商的父親為著採買木材原料找貨詢價，有機會在島嶼高山峻嶺四處走動，常常有諸多奇聞，只是父親並不愛饒舌。

在她尚未出生的「日據時代」，父親作家具銷回「內地」日本，還在東京得過獎。父親對 Hinoki（檜木）的迷愛，直到她童小時家中作與木材相關的生意規模縮小，仍有一屋子會發出香味的 Hinoki。

她一直有這樣的經驗：

工人要整理粗質的木頭，得用刨刀刨過，刨刀過處，一串串蜷曲成螺旋狀的木材刨花，便紛紛掉下。那通常是黃白色帶淺棕黃年輪花紋的刨花，一卷一卷十分輕靈但易碎，撿起時一不小心便會斷裂，放在小手上是個捧不住的幻夢，卻是扮家家酒最好的材料。

是啊！工人如果手藝好，刨刀刨過，一長條淺棕色的刨花可以有五、六個甚且七、八個圓卷，小手托住靠近一隻眼睛，從蜷洞望出去，是怎樣奇妙的光景，什麼都不見，只一道白色的螺旋，旋到一個神奇光亮的所在。

只消輕輕在小手中一捏，刨花碎裂再細細的搓揉，會像一粒粒的米飯，聚成一小碗撲鼻來的香味——

嗯！誰說放在檜木桶裡的米飯不是這樣的香味！

小的刨花卷還可以拿來作只小小的湯匙，如果是大型的刨花，則薄薄一片可以有她小手的大小，平放可以拿來作盤子，蜷起來可以作碗。

細長卷的刨花還可以拿來作長辮子，裝在髮端扮作公主的長髮卷。公主們不都有一頭耀亮的金色長卷髮，故事書畫不出金色，通常都是淺淺的黃。

（然她很快就從童話故事中知曉，這有一頭耀亮金色長卷髮的公主，會被巫婆詛咒昏死過去，還得有好心的仙女幫忙，才能只沉睡一百年。）

不能將細長的刨花卷拿來作金色的長髮辮，別在衣服裙襬當新娘禮服的花邊，新娘不是要水噹噹嗎？

要不然還能拿這長卷刨花來作小鎮人們愛吃的：小而圓的刨花作「蚵卷」、長而肥的作「雞卷」、肥而壯的作「潤餅卷」。當然如適巧有不同的木料，還可有不同顏色的選擇，色白的刨花適合作「潤餅卷」，深棕帶紅的則作「蚵卷」與「雞卷」。

直到她的伯父由父親在院子裡看到的加以細細說明：那被「腰斬」的上半身，突然間沒了下身，真正是「牽」腸「掛」肚的虛懸，有片刻才倒臥。

她才不再拿刨花扮家家酒。

（那白花花垂掛的腸是那長卷的灰白刨花？還掛在自己頭髮上、裝飾在衣服裙襬、在碗裡成「潤餅卷」？）

她尚未出生的「日據時代」不再，新的統治者從「祖國」中國大陸到來，父親不再作家具銷到日本，基本上沒有了這市場。除了一屋子散發好聞香味的 Hinoki（檜木），父親接下來作香蕉銷日，又改作海產生意，仍然是銷往日本，賺進了相當的資產。

於她的童年到少女時期，在鹿城以嗜吃更愛到四處尋覓美食聞名的父親，展現了對「野味」的偏好，還開始動手開始自己烹煮。

她最早有記憶的是鱉。

鱉是家中常見的吃食，她後來才從《本草綱目》中得知：「鱉滋肝腎之陰，清虛勞之熱」，而龜、鱉長壽，一直有吃以增壽的意涵。

（她不知道父親是有意要增壽，還是鱉只是他喜好的野味之一。）

她記得的是殺鱉。那鱉一被帶回家，父親即嚴重訓示不能靠近把玩。她以著一向深被寵愛當然不聽，即便後來被嚇到不敢用手逗弄，用穿鞋的腳踢牠一下總可以吧！那鱉會立即將頭四肢縮回殼內，實在好玩。

「閹雞羅漢」一直最愛說這樣的故事：

他們鄉下有人伸手去弄鱉頭，手指被鱉咬住，鱉怎樣都不肯鬆口，一隻鱉就吊在手指頭上，那人走到哪就跟到哪。

「要怎樣才肯鬆口？」她真有些害怕了。「鱉總也要吃飯要喝水。」

「閹雞羅漢」笑了起來：

「鱉可以幾個月不吃飯也不喝水。」

看她滿臉憂懼，「閹雞羅漢」方接道：

「要等到打雷。鱉只怕雷聲，一打雷，鱉嚇到了，啊——嘴一張，口就開了。」

她憂心的看著島嶼中部絕大多數日子都晴朗的天空，但還是不死心：

「天常常會打雷呢！」

「閹雞羅漢」黧黑的臉面一臉肅然的說：

「啊！不！小姐，要下雨才會打雷。」

「閹雞羅漢」是父親的一個工人，常在家裡進進出出幫忙。他叫「閹雞羅漢」是因為善於幫人「閹雞」：將公雞閹了方能長得肥碩，肉質又不老，可賣得好價錢。

可是她老愛一再叫他「閹雞羅漢」，因著他長得實在像他閹的公雞，兩隻腳又瘦又長，一條長脖子上頂著一顆卵型禿頭，她最愛有事沒事笑喚著他：

「閹雞——」拉長了尾音，再小聲接叫：「羅漢。」

聽來好似只喚他「閹雞」，自己再咯咯咯的以雞叫聲笑開了。

來自鄉下的「閹雞羅漢」，便是父親的這些野味異物的重大來源。一開始是他回鄉下的家一趟，回來總拎雉雞、田鼠等等野味送給父親，後來發現父親有此偏好，便以他廣泛的人面，四下放消息要人帶野味來賣。

「閹雞羅漢」不僅負責收、買，還以他善「閹雞」的巧手，幫忙宰殺。

殺鱉尤其需要兩個人，那鱉一受到驚動，立刻將頭和四肢縮到殼裡，只剩上下兩片硬殼，要殺也無從殺起。她便見到父親以一支竹筷子伸進鱉殼裡去撓動，一開始鱉還不為所動，但終究會禁受不住伸出頭來咬，而且果真如「閹雞羅漢」所言，一咬中就不肯鬆口。

父親慢慢回縮竹筷，鱉緊咬著不放自然頭愈伸愈離殼，露出一截皺巴巴的脖子。這時候早拿著刀峙立一旁的「閹雞羅漢」，立時揮刀砍下，鱉來不及縮回，頭頸應聲斬斷，頭噗一聲噴到一旁掉落，鮮血濺出，嘴仍咬著竹筷不放。

（是不是還得等到打雷？）

用刀切過再大力一掰，鱉殼打開，清除裡面臟器，有一回她蹲在一旁觀看，看到肚腹裡有一串小顆小顆的卵蛋，「閹雞羅漢」說：

「噯呀噯呀殺到一隻母的！」

再露出十分惋惜的神色，好似不殺這鱉，便會生出一大群小鱉似的。

兩人將鱉肉洗淨切塊，到廚房裡要用大灶的大火先行在鍋上炒過，則每每都會為阿清官阻擾。

那阿清官祖上有人得中進士，可真謂「身家良好家世清白」，可惜嫁入夫家公公丈夫吃喝嫖賭抽鴉片樣樣都來、兩代人敗光家產。丈夫得了不名譽的花柳病早死，阿芳官只好出來幫傭。

自持出身「清秀」，丈夫死後不到三十歲即不再嫁，還吃齋念佛，阿清官便儼然小鎮的道德良心，以著無瑕的身世、作人，阿清官嚴謹端正，一身白衣黑褲漿洗得直挺挺，穿在她削薄的身上，像祭拜死人供桌上立的紙糊「桌頭嫺」。

即便還是孩子，她也知覺阿清官對父親在鄰廚房的後院空地上「殺生」，期期以為不然。不要說宰殺祭拜神明的雞、鴨、魚，阿清官從不肯操刀，連畜體死後剖開腸肚，也多半由母親動手，阿清官了不起願意幫忙拔拔毛。

父親在院子光天化日下殺這些「奇奇怪怪的東西」，一定讓阿清官感到極為罪過。印象有一陣子不見阿清官前來幫忙，再來後，父親和「閹雞羅漢」轉移陣地，移師到

「防空壕」內去宰殺他們的獵物了。

她更大後，母親教導她大家庭裡的是是非非，排道理給她聽要如何上對公婆、妯娌相處、下待使用人，她方知道阿清官以不再來幫忙為由，要父親不再「殺生」。

父親當然不可能應允，母親才排解：

「雙方各退一步。」

要父親和「閹雞羅漢」轉移入地下，阿清官「眼不見為淨」方繼續留下。

母親教導她，並非阿清官如此重要不能割捨，而是母親早看不慣父親如此殺吃這些「奇奇怪怪」的東西，說過無數次都無效。阿清官要走剛好讓母親以此為由能借力使力，要父親有所收斂。

她便沒有機會看到父親和「閹雞羅漢」，宰殺那真正是「奇特」的果子狸與穿山甲。

那果子狸尤其和鱉不一樣，像成貓一樣大小樣子卻長得像老鼠，送來時放在鐵籠子裡，四下亂竄亂跳想掙離。一雙小眼睛骨碌骨碌轉，尖凸的嘴一打開露出一口白獠牙。即便沒有父親和「閹雞羅漢」的一再叮囑，她也不敢伸手去撫弄牠，只有學父親伸長竹筷去逗弄鱉、用竹筷去挑弄果子狸，還只敢戳牠的背部。

那果子狸果真極為靈敏，一迴身也不知牠如何頭尾就易了位，白獠牙已緊咬住竹筷，以她孩子的力量還抽不回來筷子，驚嚇中只有趕快放手。

父親連她這樣作也禁止，「閹雞羅漢」還告訴她：

「這不親像鱉，一打雷就會開口。咱鄉下有人被果子狸咬了不放，最後是手指被咬一截去，才得以脫身。」

她畢竟是深受寵愛的嬌生膽小孩子，「閹雞羅漢」口中的「惡人沒膽」。便只敢遠遠的觀望，還準備好萬一那果子狸衝出來，隨時要落跑。

果子狸由於凶惡，父親和「閹雞羅漢」在地底「防空壕」殺牠的時候，她沒有機會看到也就不覺得牠可憐。等到宰殺好放在鍋子拿出來，她一向愛湊熱鬧一定得上前觀看，只見一隻像大老鼠的長型裸身，不像雞鴨毛孔粗大，那果子狸，光滑滑白嫩嫩的一層皮裹著不見肥肉的淡粉色的肉，有種奇特的美麗。

「閹雞羅漢」更說：

「看這皮多幼秀，白泡泡水噹噹，比小姐的面皮還幼咪咪。」

她趕緊伸出雙手去護住兩邊面頰，好似她那面皮同樣會成為「閹雞羅漢」下手的對象。

接下來「閹雞羅漢」用一只小泥爐生了一盆炭火，紅色的火焰跳躍在黑色的木炭間妖豔詭異，父親用這大火燒滾一鍋水，放下切成塊狀的果子狸肉塊稍一燙過即撈起。父親對蹲在小泥爐另一端的她說：

「要先煮一遍不用。要不野生的東西，騷味很重。」

然後才另注入開水與不知名的藥材，將炭火弄小不再見火苗，只成黑色的木炭上一處處深黯紅色，像一張張開喊叫的嘴、或一個個被咬開的傷口。

她喜歡蹲在小泥爐旁，看那黑色的木炭上一處處深黯紅色的口愈來愈大，所到之處還將黑色的木炭燒成白泡泡的灰，原還能維持木炭原有的塊狀形樣，最後終至崩散，分明是她往後會讀到的「灰飛煙滅」、不留痕跡。

這往往需要很長的一段時間，她想著蹦跳起來的火星像童話裡跳舞的妖精，追逐著它們的蹤影，伴著陶鍋裡燒滾的噗噗聲響，有一回，還看著看著就睡著了，也不知睡了多久醒過來，父親居然說還沒有煮好。

她便告訴父親她作了夢，父親笑著問她夢到了什麼，她將看過的童話和著「閹雞羅漢」說過的故事再自己加以胡亂編排，說了她的「夢」。

往後她尤其會記得，特別是在冬日下午，島嶼中部經常晴朗的天空下仍有著寒意，在院子的偏遠角落（也就是父親看到穿著「色褲」的下半身跨越籬笆的不遠處），她和父親、「閹雞羅漢」守著一只小泥爐、一鍋滾熱的湯的暖意。

而院子的另一端鄰著住屋的廚房，母親和阿清官正忙著準備晚飯，煙囪冒出陣陣炊煙、大灶燒的熊熊火光隱約可見。

父親和「閹雞羅漢」原被限定不僅宰殺，連燒煮都要在那「防空壕」裡，然地底通風不良不僅冒出大股黑煙，有一回父親還被嗆得滿面通紅跑出來。

才爭取到在這院子偏遠角落煮食。

隨著父親和「閹雞羅漢」愈來愈經常的烹煮這些「野味」，堅不吃牛肉、認為牛為人操勞老後不該宰殺、吃牠的肉的母親，終不讓父親用廚房裡的器具。父親於是重新置了一簡單的鍋碗瓢盤，就放在院子偏遠角落的小木櫃裡。

她學會從飄出的香味，通常是一股悶重的沉香，不是輕飄於頭頂四周空氣那種香，而是來到嘴鼻處、張開口一咬就能咬住香味香息，就知道差不多可以吃了。便自行去木櫃裡拿一只小碗（事實上木櫃裡也只有兩、三只碗，「閹雞羅漢」是不會和他們一起吃的），端著小碗，等父親掀開鍋蓋的那一刻，父親說的「火候到了」。

她通常是喝第一口湯、吃第一塊肉的那個人。鍾愛她的父親一定將第一勺舀到她捧著的小碗裡，但父親不會讓她多吃，他常常說：

「囝仔人，吃太多不好，試個鹹甜，識味就好。」

事實上她也不愛多吃，她一直是個挑嘴瘦巴巴的女孩子，只是喜歡這嚐一點、那嚐一點，從來少把一整樣東西吃完，「閹雞羅漢」更常常笑她「吃碗內看碗外」。

雖然如此，她仍深記得那果子狸的肉濃郁的香甜，少有肉有這樣從鼻子嘴喉嚨直到食道的香、甜，胃自自然然的就知道是美味，滿意的送出一個嗝，還有著肉香。

整個人（至少上半身），全在肉的甜厚香息裡。

一開始，父親不讓她吃太多是因著鍋裡每每有著各式藥材或調料，多半是為著去掉這些非蓄養野生動物的腥、臊、騷、羶。可是逐漸的，父親愈來愈重原味，除了必要的薑、蔥、米酒，極少再加藥材或調料。

她便吃到清湯水煮原汁原味的穿山甲。

那穿山甲較果子狸大些，最不同的是有一身硬硬的甲（她沒有機會觸摸但看來如此）。黑糊糊的一坨藏身鐵籠子角落，一動也不動得費點勁才分得出頭尾。往後許多年直至她長大，她不知為何仍一直覺得，那穿山甲藏身不動，其實一直在發抖，身上一片切一片的小小鱗片微微的一直在顫動。

「可憐的穿山甲。」她的心裡有著同情，特別是那穿山甲如此乖順不像果子狸張牙舞爪。

可是「閹雞羅漢」說是裝的。

「伊會給人叫作『假死拉狸』是因為伊真會假死。一仙直溜溜躺在那，身軀一片一片的鱗片全掀開，螞蟻以為伊死去，來一大群要搬回去。伊一隻大大隻，搬不動，螞蟻就會鑽進去伊的鱗裡。」

「閹雞羅漢」說到此故意停了下來。她張大眼睛等著這如此出奇的故事，焦急的接問：

「再來呢？再來呢？」

「閹雞羅漢」好整以暇：

「小姐以後不可騎到我肩膀上，要去偷摘阿罔官厝邊的龍眼。頭家和頭家娘講，查某囝仔不可如此沒體統。」

她胡亂點了點頭，今年的龍眼剛摘完不久，明年的明年再說。

「『假死拉狸』躺在那假死，等螞蟻全爬進伊的鱗裡，才咔一聲，鱗全部闔起來。」

「那螞蟻怎麼辦？」這回她輪到同情起螞蟻。

「閹雞羅漢」黧黑的臉面肅然的說：

「螞蟻關在鱗裡不透氣，悶死了。『假死拉狸』才嘴開開，一隻一隻吃進去。『假死拉狸』最愛吃螞蟻，俗語才會說『假死拉狸登（捕）螞蟻』。」

她因此一整個下午要守在鐵籠旁，想看那福佬話稱作「假死拉狸」的穿山甲怎樣假死捕螞蟻吃，可是一直不見端倪。孩子的耐心畢竟有限，很快的和鄰家的孩子「跳房子」去了。

她不僅沒有看到「假死拉狸」假死等著捕螞蟻，連父親和「閹雞羅漢」何時殺了那穿山甲，並原汁原味的煮成清湯，都不知道。

那穿山甲從一隻完整的活物變成一塊塊清湯裡的肉，因著缺乏眼見的過程，她不知怎的總以為，那「假死拉狸」不過是再次「假死」一番，真身已經跑掉了，不知去向何方。

而家中院子裡的「防空壕」果真也如那屋外鄰家的那淹水的「防空洞」，像變魔術般能將東西再變一回，只這次變回來的不僅是殘了、破了，吸取去的還是活動的生命，出來的只成一鍋帶肉的清湯？

（或者本該如此？）

那「假死拉狸」與「防空壕」便在她的夢中一直成了一個禁閉的黑暗的所在。一片一片的鱗一開一闔，釋出的可以是「魔神仔」、鬼、妖怪……關進去的，可會是她的魂魄？

（她曾站得這麼靠近等看牠怎樣張開鱗片假死捕螞蟻吃。）

但她還是吃了牠的肉，隨便一塊不知是何部位。在她孩子的心中，模模糊糊的總覺得，把那「假死拉狸」吃到肚子裡，吃掉的雖然是牠的「假身」，但沒有了這假身，牠就不能作怪了。

她還是能把牠吃了，她的肚子會是一個更大更深更不可測的黑洞，能收進「假死拉狸」、關掉牠的鱗片。

畢竟是她吃了牠！

她更記得那「假死拉狸」的肉有一股說不出的細細清甜，不是果子狸那種濃郁的肉感香甜。往後她就極少極少在肉類裡，嚐到這樣細緻的清甜，沒錯，肉可以清甜。

那穿山甲成為一種永恆的記憶。

（關閉在那鱗片的黑暗裡？）

她的父親開始較常宰殺那些野味，已是她進入國民小學就讀後。像許多急於長大的孩子，他們早揚棄扮「家家酒」這樣「孩子氣」的舉動，自然也就少進入院子裡的「防空壕」玩耍。

特別是父親經常在內宰殺那些「野味」，孩子們也逐漸轉移陣地。

有一年作大水，「八七水災」，她家整個淹了水，還避難到「街頂」，鎮上的最大馬路。水退了那「防空壕」裡仍滿灌著水，水泥階梯還在，但下兩、三階即下不去了，污黃的泥水遮佈，下面的階梯全然沒了（或只是不見？）。就是下不去了。

她很早就知道被阻隔，她站在樓梯口低頭下望，污黃的泥水不透明但填滿了所有的空隙，連她都無從置身進入。

（如果不是那麼滿，水淹到下挖的地洞的頂，如果當中還有空隙，她覺得還有空間，她總可以浮在水上面，那麼她便仍然能進入。）

及至她長大，她一直害怕那全然灌滿的空間，並一直作著惡夢。

而那滿灌著水的「防空壕」由於招來眾多蚊蠅聚生，大水過後不久，那「防空壕」就被填平了。

因著父親的關係，她在童小時看過宰殺也遍吃穿山甲、果子狸、伯勞鳥、狗、青蛙、海鰻與猴子等等這些「野味」。她還是一直以為，她在童小時候備受家人疼愛、家境良好物質無缺、自身多才多藝功課名列前茅。

——有很長的一段時間，她一直相信，她的童年無憂無慮，是她一輩子最快樂的時光。

咖哩飯

這一切，或可從這樣開始。

那身分上屬殖民母國，從「內地」來的日本人作家，在他年老後寫的回憶錄裡，曾滿是懷念的記錄了他在殖民地台灣的一段旅程：

作家追憶，在島嶼首善之都的台北城，於台北驛前的鐵道旅館，接受台灣人的盛情招待，依慣例主人要客人先行點菜，可是他一再謙讓，直至最後滿桌客人皆點完，才要了咖哩飯。

前來殖民的日本帝國在一八九五年取得島上統治權，即對島嶼的首善之都台北城，怎麼看怎麼像自己的首都京都：

「此處堪稱絕境，宛如京都景致再現。台北城儼然為皇居，基隆河正如賀茂川。劍潭山正如東山。」

為了更現代化的監管，前來殖民的日本人在一九〇八年，即開通了西部縱貫線鐵路。並以「台北驛」作為鐵道重要樞紐，整個島嶼俱入有效的掌控中。鐵道旅館即是學習西方的作法，在火車站驛前興建的旅館。

那來自殖民母國、「內地」的日本人作家，在下榻的台北驛鐵道旅館的餐廳裡，接受在地台灣人的招待，是座上最尊貴的客人、上上賓，何以需要一再謙讓，最後方點了一道咖哩飯？

時候已是上個世紀三〇年代末期，前來殖民的日本帝國在島上統治經營四十來年，已到殖民成熟的晚期，不僅島內不再有大規模的起反抗爭，「皇民化運動」如荼如火的開展，台灣人「改姓名」用日本名姓，推行「國語家庭」講日語，皆有相當成效。

來自殖民母國、「內地」的日本人作家，因而只有更謙遜的作如下解釋：

「咖哩飯是便宜的飯菜，如果我先點了咖哩飯，接下來的人不好意思點貴的菜，會造成其他客人和主人的困擾。」

1

那作父親的亦講述這「故事」給他的小女兒聽，一如他說的諸多奇特的事蹟，等同於小女兒童小時的床邊故事。

是為年長方不期然再得的么女，父親講這日本人作家來台作客點咖哩飯的故事，已經是數十年後。也已然改朝換代，日本二戰敗戰，只有放棄所有殖民地，島嶼台灣淪入同樣敗戰、遠從中國前來統治的「國民黨」政府手中。

小女兒出生證上登記的年月是「中華民國」—— The Republic of China。

小女兒一直記得這父親講述的日本人作家點咖哩飯的故事，就如同記得一千零一夜的《天方夜譚》、《所羅門王寶藏》、《賣火柴的小女孩》等等。然後小女兒開始寫作，將父親家人四鄰以及故鄉鹿城寫成故事，很自然的也被稱作「作家」，那日本人「作家」和點的咖哩飯，於是有了特殊的意義。

「這只是個故事，還是真實的事情？」小女兒問。

「當然是真實的。」父親回答。

「為什麼知道這件事呢？」小女兒再問。

父親顯然的傷感和懷舊：

「因為我就在場。」

然後父親驕傲的接道：

「我的女兒，也是個作家哩！」

她出生的時候戰爭已然過去。

遠從北方前來統治的「中華民國」政權，從日本人手中接收島嶼，在一九三七年，造成的「二二八事件」大屠殺，也已然發生並過去。

她的父親因而會為這個家中最小的孩子，而且是個小小女孩兒，取名齊芳。加上家族的姓氏、她學會寫的第一個字：

王。

她的名字叫：

王齊芳。

當然也因為她出生在春天，三月，位處亞熱帶的島嶼，已然春意滿分芳華正茂。

她的父親也可以為她取名「美英」，同樣有春花繽紛、絢爛，可是他畢竟不是這般時髦人物，不願女兒名字令人聯想到「美國」、「英國」，所以還是：

（一如較寒冷地區的早夏呢！）

齊芳。

事實上，她父親是個舊時代的人，在古老守舊的鹿城，年歲大到還有機會讀私塾。父親的養成教育是《三字經》、《百家姓》、《千家詩》這樣的書籍，只不過是用島嶼最多數人使用的福佬話背誦，教他的老師人稱「漢學仔仙」，是一個前清進士。

蔡進士堪稱「末代進士」，台灣自割讓後整個官僚體系全由日本人掌控，強調西化唯新的日本人，實施另一種全然有別於清朝政府的文官制度。像蔡進士這種千里迢迢遠赴北京城趕考取得功名的，自是仕途全無。

然他原可到日本人在全台普遍設立的「公學校」教「漢文」——那前來統治的日本人為島嶼人們保留的一門學習課程。

不願接受異族統治施恩的蔡進士，婉拒了「公學校」教職，寧可在自家設私塾收學生，賺取微薄的束脩，父親便成為他的入門弟子。

蔡進士教導父親以福佬話背誦像這樣的詩：

少小離家老大回
鄉音無改鬢毛衰
兒童相見不相識
笑問客從何處來

父親不肯學習前來殖民異族日本人的「國語」：日語，但也終其一生不會說漢民族的「國語」：北京話。

及長，王齊芳瞭解到應與「二二八事件」時父親亦被來自中國的「國民黨」的軍隊抓走有關。所幸在遠離都會的小鎮鹿城，家人雖花了很些錢，還是把父親弄回來。與同時被抓的鹿城聞人施江南被槍斃，當然不可同日而語。

此後父親仍教導子女：

「我們漢民族……。」

可是至此閉口不談時政。

「囝仔人有耳無嘴。」

只王齊芳始終無法體會父親回到他父祖來自的「原鄉」——中國福建，為發現無親無戚是個全然陌生的所在，那種笑問「客」從何處來的傷感。王齊芳一直以為，她的故鄉鹿城，位於島嶼中部的鹿城，便是她唯一來自的地方。

何況鹿城一逕是她隨時可以回去的地方，不管她上首善之都的台北來讀大學、遠赴美國留學、到世界各地旅行居住，鹿城一直在那裡。她不僅還不到「鄉音無改鬢毛衰」，也不會被「笑問客從何處來」。

鹿城還一直是那樣溫馨的懷念的所在，特別是童年時與父親於院子裡、防空壕宰殺烹煮穿山甲、果子狸、伯勞鳥、蛇、青蛙、海鰻等等這些野味。

然童小的王齊芳，事實上還要歷經了另外一種童年。

父親口中孩提時的王齊芳極為挑食、又常生病餵食極不易。

她也像任何孩子，喜歡甜食。

（哪個孩子不愛吃糖?!）

那時代在鹿城尚沒有要孩子臨睡前刷牙的習慣，含著甜食入眠的王齊芳，很快的有了一嘴爛牙，還好仍是乳牙，寵溺的父親便說：沒關係，再讓她吃一陣子吧！

一陣子於童小的王齊芳很快過去，父親堅持不再讓她吃糖。可是機伶的王齊芳總能尋個空隙，個頭小的小女孩在家中極容易一個恍惚便不見人影，老祖母說的：

「目一睨就沒了，無人看著住。」

大櫃小櫥去尋到糖果、餅乾、糕餅、蜜餞……小小身子能藏在裡頭吃個精光方再出現，還一臉的無辜。

父親便在她的雙手手腕各繫上一條金鍊子，還帶幾只鍍金的小鈴鐺，好能「拴」得住她。鍍金的鈴鐺聲跳亮，便只消她一移動，鈴鐺叮噹叮噹的響起，再無從矇著去找糖吃糖。

然總有機會仍尋到糖吃。那一年阿姨從日本回來，給王齊芳和她的死黨千惠表姊各帶回一只布娃娃，是個大頭有一頭金色髮辮的公主。公主梳著重重髮辮，每一條小辮子上繫了一串小小的糖，硬的水果糖在透明包裝紙下五顏六色，綠的檸檬帶酸、紅的蘋果甜、橙色的橘子酸中帶甜，粉紅色的草莓是其時島嶼尚無草莓尚不知道的滋味。

而大頭公主則好似髮辮裝飾著各式各色寶石，耀亮炫麗。之後王齊芳成為一個寫作者，瞭解到「秀色」真是能「可餐」這樣的意涵。

阿姨心思沒有孩子會掠奪這般美麗的人偶。可是很快的王齊芳的公主髮辮上繫的糖全不見了，接下來連千惠表姊的公主髮辮上的糖也日益減少，還是循著每種顏色的糖：綠的紅的橙色粉紅相當平均的消失，好似如此便不至招人注意。

看！五顏六色都仍在呢！

大人們笑著說：

「嚴官府出能賊。」

阿姨從此不再給王齊芳帶回禮物。

她其實一直都被這樣的故事驚嚇：

那森林裡想餵肥小兄妹再吃的巫婆，最後被妹妹推到烤爐裡燒死了。

還有著名的〈虎姑婆〉，老虎化身的虎姑婆怎樣半夜裡嚼著笨姊姊阿金的手指頭，咔嚓咔嚓聲像嚼菜脯。

「姑婆姑婆，妳在吃什麼？」聰明的妹妹阿銀起疑的問。

「囝仔人靜靜睡。」虎姑婆回答。

「姑婆姑婆，我也要吃！」阿銀執意繼續追問。

虎姑婆隨手丟過來一塊，阿銀一看，是一截姊姊的指頭。

藉口要上廁所，阿銀趕緊逃跑，虎姑婆追上來，聰明的妹妹阿銀爬上樹，最後，眼看不能爬樹的虎姑婆要將樹幹啃斷，心生巧計要虎姑婆煮沸一鍋熱油吊上樹，她好到油鍋裡滾一滾將自己炸熟再跳下去給虎姑婆吃。

笨虎姑婆果真中計，在樹下張大嘴等炸熟的阿銀掉到嘴裡。

「阿銀把整鍋熱油往下倒到虎姑婆張大的嘴裡，活活把虎姑婆燙死，自己才能活命，從樹上下來。」所有說這故事的人都給這樣的教訓。

「可是虎姑婆給燙死了，很痛啊！」

王齊芳不捨的問，她有一隻摯愛的貓就叫虎姑婆。叫「虎姑婆」因為可以保護她不被鬼侵害——童小的王齊芳最怕的是鬼，勝過沒糖吃。

「誰教虎姑婆把姊姊阿金吃了。」說故事的人確信的說。

接下來的教訓是：阿金貪吃虎姑婆帶來的零食——孩子們最愛的糖果、糕餅，還有鹹酸甜蜜餞，才自願夜裡陪睡虎姑婆旁，讓虎姑婆就近把她給吃了。

「虎姑婆嚼姊姊阿金的手指頭，咔嚓咔嚓聲像嚼菜脯。」

童小的王齊芳無論如何都不再肯吃菜脯，長大後，「菜脯蛋」成一道懷舊的鄉土美食，王齊芳都還輕易不願嚐。

咔嚓咔嚓吃的豈只是手指、菜脯。

小小的女孩子因為身量較同齡的孩子小，瘦又柔軟的小身子幾可摺疊，側著可擠過極窄的小縫、小手小腳曲起環抱只那麼丁點。櫥、櫃裡都可以是最好藏身處。

便是窩擠在一罐罐、一盒盒的各式吃食中，咔嚓咔嚓吃的豈只是手指、菜脯，香甜爽脆的花生酥、嗑嗞嗑嗞的麻花、吱吱喳喳的芝麻糖……硬的糖用僅存的牙一咬，小小身子猛地一抖，直震到眼前天崩地裂。

咔，咔吃掉的可是什麼？是年長後方意會到的生命？她是不是在那個時候開始要成為一個作家。

咔嚓咔嚓吃的豈只是手指、菜脯，多年後王齊芳一直記得，那中式的櫥、櫃又厚大又笨重，但總有像柵欄的格扇好透氣，她窩在裡面嚼咬滿嘴甜食常不知怎的就睡了過去，也不知睡了多久悠悠忽忽的方醒了過來，透過打開的門間一條細縫與柵欄，灰灰的光撲撲的照進來，陰光暗影中好似百世千代以來她一直在那裡，吃食，可又好似一忽兒她長大了，整個人被填充擴張了出來，單隻腳都再擠不進那小小的櫥、櫃。

她倒是因此養成了空腹難以入眠，一定要有東西在肚子裡方能睡去。那是怎樣甜蜜滿足的擔負，如同她一直是那被寵愛的小小孩子。愛，可以是吃食，滿滿的溢在生命裡，在最底層的內裡，盈滿支撐，永遠的根底。

可咔嚓咔嚓嗑嗞嗑嗞吱吱喳喳仍在吃的是什麼？這樣唏唏嗦嗦的嚼咬個不停。

（如果不是手上繫的鈴鐺敗露了行蹤！）

而吃的豈只是手指、菜脯！

父親便曾說過日本時代他因生意到中國南方，廣州一家作綢緞生意的大老闆，請吃的除了常見的果子狸、狗、蛇外，也吃貓。

吃貓要除去貓一身繁密的細毛，最好的辦法就是將貓罩在竹編的雞籠裡，再淋上滾熱的水，貓被燙著疼痛異常，會用爪子抓身，這樣一來便會把身上的毛全都給抓掉，剩一身紅通通的細皮。

貓和蛇燉煮在一起，是著名的「龍虎鬥」大菜，蛇是龍而貓是虎。

「貓臨死前那種慘叫，唉！」父親說：「貓肉還是酸的呢！」

（王齊芳趕快去緊摟住她心愛的黑貓「虎姑婆」，的確生怕哪一天父親連牠也吃了。）

「唐山人還吃貓頭鷹。」父親難得的作了一個詭異的表情。「貓頭鷹的眼睛夜能視物，以形補形，所以貓頭鷹的眼睛最補眼。」

貓頭鷹的兩顆眼睛放在平盤上，每顆有喝茶的茶碗口大，是為晚宴的奇珍。主人推讓著要父親獨享，王齊芳倒不記得父親是否吃了。

（以父親那麼愛嚐奇珍，多半吃了。）

2

父親能有機會在「日本時代」晚期，與那來自殖民母國的「內地」日本人作家，在下榻的台北驛鐵道旅館的餐廳裡，同樣接受在地台灣的林姓聞人的招待，並見識到那「內地」作家是座上最尊貴的客人、上上賓，卻需要一再謙讓，最後方點了一道咖哩飯。

是緣由著大舅。

在鹿城成長，王齊芳早就聽聞，白手起家的父親能娶到「十美堂」的小姐，而且是個正室出身、不殘不傻鹿城數得上的美女，自然是因著「十美堂」鄭家家道中落。否則，在前清時期執中台灣糕餅業龍頭的鹿城鄭家，哪個正出的小姐嫁的不是像霧峰林家這等世家。事實上，母親的一個姨婆，王齊芳要叫作「姨婆祖」的，便嫁入林家，只是後來娘家大不如前，來往自就少了。

「十美堂」的家道中落與大舅無必然的關係，是幾代「了尾囝」積累的結果，緣由不外吃大煙、嫖賭，然大舅無疑是壓倒駱駝背上的最後一根稻草。

大舅不嫖不賭，日本人管轄的時期也不容吃大煙，大舅只是不事生產、在家裡雕水仙、玩南管、收骨董，到東京久住，賣掉家中最後的田產。

所幸「十美堂」店面仍在，一般的衣食仍不至出問題。

白手起家幹練精明的父親與不事生產的大舅，出乎所有人意料的成了好友，也等於間接促成了父親的婚事。然要能參與台北驛鐵道旅館宴請從「內地」來的日本作家的餐會，還得是大舅的關係。

一向以愛吃聞名的父親並不見喜這樣的酬酢餐會，如果不是為了那全台最高檔的西式餐點。以及，往後王齊芳會意，是自己開始寫作後，方使那餐會的日本作家與咖哩飯成為父親的重大憶往與話題。

父親與大舅被認為不相稱的往來是鹿城人愛津津樂道的，兩人還被好事者封為「黑白郎君」。鹿城人更嘖嘖稱奇父親一向以愛吃聞名，而大舅的挑食甚至在「阿舍」群中，也令人嘆為觀止。

「黑白郎君」最常被人傳誦的是，到首善之都的台北城著名的「蓬萊島酒家」。

其時只有火車作長途交通工具，從島嶼中部的鹿城到台北城，得花幾個小時。父親因生意酬酢上「蓬萊島酒家」本沒什麼特別，邀大舅同行也不在話下，那時節家中的太太為防止丈夫在酒家玩過頭，讓孩子（通常是兒子）纏著跟隨也是常有。

便可見鶯聲燕語划酒猜拳聲中，酒家女一身脂粉綾羅，順便還要權充小男孩保母。小男孩長大了有的成了作家、導演，會用書寫或畫面呈現小男孩依著軟腴芳香的酒家女胸懷，在幽香瀰異中沉沉睡去。

（與家中操勞的阿母多麼不同啊！）

王齊芳便常自嘆生不逢時、又不是男兒身，才沒湊上這熱鬧，惋惜得不得了。

父親與大舅上酒家，並非母親讓大舅監視著父親，事實上母親對父親上酒家從不阻止。王齊芳耳濡目染母親作為一舊式女子，對丈夫軟硬兼施的掌控，嘆為觀止。

引為鹿城趣談的是，兩人上酒家，各有所圖。父親為著的是「蓬萊島酒家」那一桌桌筵席酒菜，而大舅為著的是酒家女子能唱的南管、小曲。

上酒家不為女色、享樂氛圍與酬酢，兩人於人們眼中便真是「亂來」。

其時的「蓬萊島酒家」由業者親自到中國各地研考各種菜系，最後認為在原有的福建菜外，再加上廣東、四川兩省的筵席，最能適合台人口味，重金禮聘杜氏名廚來台。杜氏名廚係為孫中山大元帥府的廚師，要吃道地的「外省菜」，全台只有在此。

父親誇口想吃遍「蓬萊島酒家」這結合福建、廣東、四川的上千道菜。還為著要瞭解使用的食材與作法，一大清早陪同大廚與學徒到全台最大的「永樂市場」買菜。

酒家需要食材量大，扛著、背著、提著都不方便，只有用「二輪車」將一車食材拖回來。父親為示好，也幫忙拖「二輪車」。還好窮苦出身的父親「漢草」極佳，從小也作過不少體力勞活，拖車不是問題，但一開始要將整車食材拉起動，後面還得有學徒幫忙推一把。

「那時候愈大牌的師傅，穿的日本木屐也愈高。我看準這點，送昂貴的茶葉、禮品，都是穿木屐最高的。」

父親說。

「不要以為我眼中只看高不看低，每一行都有每一行的訣。比如那當時有一個師傅手藝甚佳，但身材實在太過肥，夏天在廚房一身大汗，每次作出來的菜都像打破鹽缸，鹹死人。」

女兒作了一個不解的表情。

「他不斷流汗，身體自然會需要很多鹽，口味變得很重，他吃到味道夠的，對我們一般人都鹹死了。這樣，自然成不了大廚。」

一桌盛宴的背後自有如此淘汰之道，王齊芳不免感到不安。

而其時想必是十分陰濕，灶、檯下積水橫流的廚房，穿愈高的木屐，除了地位外，雙腳不至沾到水，也能有愈舒適的工作環境吧！

童小時的王齊芳看過父親一直珍藏的一雙極高日本木屐，長大後會意父親買來這「最高」木屐，怕是為了過足那個「最大牌的師傅」癮頭吧！只不知當年父親是否穿著這雙高木屐拉「二輪車」。有十幾公分高的日本木屐，就靠一前一後兩塊木塊作鞋底鞋根，一個不小心拐到腳的機會可大著呢！

王齊芳不禁啞然失笑。

父親大抵不可能吃遍「蓬萊島酒家」近千種菜餚，但因著賣力的「下基本工」以及與大廚的交情，吃到了一些不在菜單上的私房菜，這些以是日一大早採買來最好的時鮮，再經由大廚親自作出的菜餚，當然方是食家的最愛。

父親往後會用十分嚴謹的語氣說這段與大廚的交情：

「我送給他是錢買得到的，他還報我的是人情，人情錢買不到。」

要女兒一定懂得惜情。

父親晚年還保留了一本「蓬萊島酒家」菜單。十幾公分的長形冊子厚厚一大本，泛黃的宣紙上毛筆字抄錄一道道菜名、價格，王齊芳算算真有近千道。

然由於接下來「國民黨」政府遷台後，帶來的好幾十萬人中不乏中國各省大廚，「蓬萊島酒家」的菜被認為「混省菜」，不夠道地、血統不純正，逐漸沒落。而且原是商賈聚集的「酒家」淪為直接的情色交易場所，菜色不再重要，父親往來的廚師們只有隨著輾轉流離。

父親往後上首善之都的台北，自然也就不再到「蓬萊島酒家」，而四下打聽老師傅的下落，跟著他們繼續吃這些被稱作不入流的「酒家菜」。

王齊芳不解美食成性的父親，何以對其後盛行一時的港式粵菜不感興趣。隨著島嶼的經濟奇蹟，價格極為昂貴的燕窩、魚翅、鮑魚、龍蝦成為追逐的夢幻美食，高價成為美味的同義字。父親多半吃過後作罷，回到鹿城家中生起他的小泥炭爐，慢火燉煮他自己的小鍋，也自作魚翅、鮑魚這些「功夫菜」。

母親自是由他，王齊芳長大後方瞭解，母親厭惡的是父親殺煮穿山甲、果子狸、伯勞鳥、蛇、青蛙、海鰻等等這些野味。至於燕窩、魚翅、鮑魚，不僅不在母親的限制下，母親還常愛對著孩子們訴說：

「你們的九姨婆最會挑燕窩，為了挑淨像針尖同款細的軟毛，兩隻眼睛老來都挑瞎了。」

要父親「學著點」的意思十分明顯。

母親依她過往被教養的方式，從童小時教王齊芳各式需要學習的家事，但不甚在乎女兒是否作得好。王齊芳成長後方瞭解到母親聰慧且善理事，但如同她那一代的女人無多大發展空間，仍只有困居家庭廚房。她顯然不希望她的女兒和她一樣。

母親對女子學作廚藝會引用這樣的故事：

古早時，男人娶了一名在王侯家以善廚藝聞名的女子回家，期望從此可以天天享受美食。

洞房花燭夜之後，要妻子下廚。

妻子說：我只會切蔥，我原來每天在廚房的工作，就是負責切蔥。

廚藝的偉大與考究，分工如此細密。女性的蘭心蕙質所能作得最好的，可以是只會切蔥。

但也只有如此。

母親更喜歡講的是那出名的「佛跳牆」：

商人巨富家被寵壞的千金小姐，嫁入「大稻埕」世家，有官位的世家治家嚴謹，新嫁娘三日後得親手作一道菜請公婆，以示娘家教導培育有方。

養在深閨能詩善畫，但無疑也因此十分的嬌貴的千金小姐，不要說「作菜」，連「菜」長得怎樣都不知道，要跟隨嫁嫺丫鬟新學也來不及，眼見時日過去不免心焦若焚。

所幸能詩善畫的千金小姐畢竟聰慧過人，到最後一夜焦急萬分下，心思如將所有珍貴好吃的東西加一起，滋味應是不差。便以陪嫁來的各式奇珍：魚翅、鮑魚、烏參、花膠、腳筋、香菇、干貝、火腿，放入陶罐加水慢火燉煮，怕不夠鮮甜，加入整雞排骨羊肉作底。

第二天早上整夜看火的丫鬟倦累不堪，但那一鍋燉物濃香撲鼻，而且香沉而永，吸入盤旋依附久久不散華麗灩遇至極。照例先喝一口湯汁，濃稠膠汁一經入口包圍滿唇滿嘴滿喉，好似連上下唇顎都能吸連膠住。

好個富貴圓滿！

整鍋各式最頂級食材經慢火長時燉煮，海鮮與肉交互激盪提發出最鮮甜的美味。本身無味但吸滿馥郁湯汁的魚刺、花膠、腳筋滑軟中帶勁；鮑魚入味後邊緣嫩但中心可彈牙，嚼咬之際切開斬斷不費勁，齒間腮幫又動感十足豐富滿足，豈只是個過癮了得。

但見那烏參發脹後一圈有碗口粗大，雖然遍嚐「滿漢全席」的「老佛爺」慈禧太后宣稱烏參：

「這麼難看的東西怎麼會好吃。」

但那久燉仍Q口、不離不散的肥美大物，外表碩大其實內裡全是膠原蛋白，滑溜溜毫不費勁的一路從唇齒過喉際食道，穿越滑翔暢美無比。

聰穎過人的新嫁娘，怎不贏得了嚐遍各式美食的公公寵愛。

卻是所費當然不貲。

父親對此不敢隨意苟同：

「放入一起不見得一定得是昂貴的食材，總舖師辦的筵席吃到最後，將各種剩菜倒作伙成『菜尾』，『菜尾』不就最好吃嗎？」

「日本人的『湯』，用漢字寫是『出汁』，也就是把每一種東西裡面的汁液弄出來，從雞裡熬出汁來的，就是雞湯；從魚裡熬出汁來的，就是魚湯；從菜蔬熬出汁來的，就是菜湯……」父親小心翼翼的說：「可是不能以為把所有珍貴的食材放入一起，就一定會好吃。」

父親吃多年的心得是：

「好的師傅不是要把味道一樣一樣的加進去，愈加愈多愈好，而是要能把味道一樣一樣的抽離出來，這樣作成的菜才會真正的美味。」

至於那「黑白郎君」的另一個，甚至在「阿舍」群中也以偏食揚名的大舅，據聞面對整桌筵席不動一筷，只是邊喝可樂，邊聽藝旦們唱南管。

可樂。

那大舅在東京一喝，聞、看似常見黑呼呼中藥草藥，毫不起眼。倒下透明玻璃杯泡泡直冒，原以為只有滾燙汁液方會冒泡（下面還得有火），待要吹吹氣，但看旁人直接飲用，觸手一拿，啊！居然透體冰涼。

喝下第一口尚拿不清是個什麼滋味，甜不怎麼甜、苦也說不上，嗆又不甚嗆，麻中帶小小刺點，吞下後還回甘……

說不盡的奇異動感。

不免再連喝幾口。

氣管食道突來一陣逆衝，怕是不是要作嘔嚴陣以待……

嘿！好傢伙，居然只是打個嗝，強而有勁氣直衝上腦門，好似經高人一點茅塞頓開，打通天靈穴醍醐灌頂一陣腦醒，霎時間耳目清明無比。

從此只愛此一味。

其時可樂全賴帶進口來，昂貴異常，父親便常笑稱：

「一個人喝一晚可樂，可抵一桌筵席。」

而如同他出名的偏食，大舅只聽一位藝旦、而且只聽唱南管。

那藝旦無甚特別姿色，只算上清秀，嗓子也一般，大舅對她的專情聽說是有一回，這藝旦唱著《陳三五娘》一段，唱至：

同君斷約，同我三哥你都斷約
斷約你要今夜三更人睡靜，斷約你今夜三更
半暝來去阮厝走

不知是曲子勾引想起自身心懷傷感，或者只是自然身體不適的反應，現場淚光浮閃當下流下兩行鼻涕。

也不知是太過投入恍然神遊，或者只是不方便，藝旦並不曾伸手拭擦，繼續唱完。

大舅一時陶然心動神思飛馳，只望著那兩行鼻涕久久不能自已。

「鼻涕較稠，兩行鼻涕掛在臉上經燈光迴照，閃著幽微亮光，較兩行清淚更見透澈晶瑩，俗物化作絕品，真是淒然美絕。」

大舅大體用這樣的話語來形容。

至此到「蓬萊島酒家」，只聽這位藝旦、只許唱南管。

鹿城人對有此「阿舍」，不喜清者情淚卻獨好濁物鼻涕，真以為「海邊有逐臭之夫」，期期以為「黑白來」，封他為「黑白郎君」再合適不過。

鹿城雅士沒有人屑於繼續追問鼻涕一事。只有從小刁鑽古怪的王齊芳，七、八歲初聽來這段事蹟，仗著大人的寵愛，跑去問大舅：

「那藝旦是不是以後每次唱《陳三五娘》，都要流鼻涕？」

大舅彎身將她小小身子抱起，哈哈大笑：

「只有一回方足觀，再次便是俗物。」

童小的王齊芳最喜歡的莫過於大舅來家裡吃飯，「挑食」到全鹿城聞名的大舅一來，最忙的就是母親與阿清官。是為家中長女的母親對這個大哥一向倒過來好似作為阿姊，吃素拜佛的阿清官則讚許大舅不像父親「不會黑白吃」，兩人便極盡全力要「這個不吃、那個不喝」的貴客有得吃喝。

知道大舅吃來吃去就是那幾樣：豬肉只吃一種日式炸豬排、炸後再淋上美乃滋調料，雞只吃白斬雞的雞胸肉，半根青菜果物都不吃。

於父親這樣的食家，整隻雞最好吃的只有雞翅骨頭中間那一小條兩寸來長的小小肉條，每回都明說大舅吃的雞胸肉又澀又粗，簡直難吃死了：

「不過，兩人合起來剛好可以把一隻雞吃完。」

母親像阿姊使盡全力要他多吃，阿清官手忙腳亂討好，通常是兩人使盡全力變換菜色，大舅也一一點頭示好，最後卻常落得沒一樣下筷。

只有父親穩穩的坐在餐桌前，笑瞇瞇的說：

「不要睬他，不吃就不吃，難不成還會餓死不成?!」

自顧大口吃喝，冷不防再送上一塊冷的雞胸肉。

王齊芳後來到美國讀書，見識到了各種這個不吃那個不吃的素食者，還有的人「只吃兩隻腳的、不吃四隻腳的」，「只吃魚不吃肉的」，「不吃所有紅色圓形／綠色長條形」……

而且美國人那麼愛喝可樂。

特別打了個電話調侃大舅：

「原來阿舅適合作美國人，阿舅只是生錯了地方。」

3

那從殖民母國、從「內地」來的日本人作家，在島嶼首善之都「台北驛」的鐵道旅館，接受台灣人的盛情招待，滿桌盛宴卻只想念一碗在家鄉日本吃到的咖哩飯。為顧及禮貌，作家直至最後滿桌客人皆點完菜，才點了咖哩飯。

那鐵道旅館以全然英式風格矗立於火車站驛前，與日本殖民政府台灣總督府由海軍任派，而其時日本海軍師法的是英國海軍自有其淵源。及至日本人作家來吃飯的三〇年代末期，鐵道旅館各方的營運與管理，都已然十分上軌道的圓熟。

父親參與這只有大舅介入的階層的晚宴，為著的是鐵道旅館的西式餐點。

其時白手起家的父親方與日本內地成功的作生意，累積了財富，但對進入那全台灣第一家現代化的洋式大飯店，尤其是吃那少見的西餐，並沒有足夠的信心。

來自中部小鎮的兩個年輕男人，對光是鐵道旅館那洛可可風的華麗外觀，紅色的磚牆，散發英國式的典雅，相信就讓他們覺得可望而不可及。

內部的大宴會場、撞球間、豪華客房，在在都是新的體驗。作生意也算稍見過世面的父親還要發現，飯店裡所有的配件都是英國製，不要說洗手間的瓷製馬桶，小至連門把、電燈開關，都是舶來品。

更不用講那餐飯用的刀叉、碗盤。

然日本人作家吃到的咖哩飯，為適合在地人的口味，咖哩飯旁邊還有一大盤各色配料：肉鬆、魚鬆、乳酪屑、炸麵包丁、葡萄乾，也會有一小勺馬鈴薯泥作陪襯，恍若生怕客人不習慣只吃咖哩呢！

父親吃到的西餐，相較於日後送子女到外國讀書於歐洲、美國吃到的自然不同。但作為前菜簡單區分的清湯、濃湯裡，可以點到牛尾湯，「牛扒」會是招牌，一般人認可的「西餐」。

飯後的焦糖布丁則是「這個不吃、那個不吃」的大舅的最愛——不過為著的光是上面那層薄薄的焦糖。宣稱自己吃奶製品會無法呼吸的大舅，是絕對不肯讓布丁碰到嘴唇的。而焦糖成為大舅的迷戀，與他的嗜喝可樂，可以只拿可樂作餐食，同樣讓親友不解。

父親形容喝咖啡的咖啡杯很小，像現今的 Expresor 杯。飯後的雪茄對不抽菸的兩人都不曾嘗試。十分英式的撞球，連主人都不曾玩，或許也不會吧！

一生吃過各式美食的父親，對這餐飯並不見得特別在意，最基本的緣由應是西式餐飲一直不是他的最愛。如若不是多年後鍾愛的小女兒也成為一個作家，父親大致也不會特別一再提及這段塵封的記憶：

他一輩子與「作家」唯一的一次近身接觸。

王齊芳卻一直好奇於父親在「鐵道旅館」吃到的西餐。雖然被炸毀於「二次世界大戰」，不曾有機會親臨這名聞一時的「鐵道旅館」，從遺留下來的日本人在島嶼建的西式建築物，王齊芳約略能感到，就算只與直接被英、法統治過的中南半島國家的西式建築物相較，也有所不同。

更不用講與英、法本土建築的比較。

日本經由「明治維新」全盤接受西化後，再帶到台灣來的「二度殖民」西方化，究竟是如何呢？能超越日本菜成為當時台灣富商款待重要貴客的「西餐」，自「日本時代」迄今百年來對島嶼人們、特別是父親那代人，又有著什麼意義呢?!

往後，愛吃的父親當然也吃西餐，之後從冷凍牛肉吃到冷藏牛肉，帶血的牛排能吃三分熟，更不用講一起作生意日本人送的松阪神戶牛肉。也吃鵝肝魚子醬松露，但就是不吃自助餐。

父親不吃自助餐，並非與坊間「美食家」不吃自助餐互相唱和，而是對拿個盤子走來走去取食物十分有意見：

「拿個空盤子，好像乞丐在乞食。」

有此強烈反應，王齊芳總以為與他貧窮的年少相關。

父親也對只有裝潢華貴的餐廳不感興趣，為氣氛點蠟燭，父親笑說：

「吃飯的所在烏抹抹，不怕吃到鼻孔裡？」

對餐後上冰淇淋，緊接著上熱的紅茶或咖啡，或者熱的甜餅上放冰淇淋，母親以為有失規矩：

「冷的熱的放在一起給人吃。」

但父親說：

「不曾有過的衝動感覺呢！」

及長王齊芳還聽聞父親講過這樣的故事：

有人到家西餐廳，點了一份套餐。

為著一向節儉，既花了錢一定要吃完的美德，而且也尚不敢有過激的抗議，客人將三道送上來的菜全吃得一乾二淨，然後才找餐廳老闆抱怨：

「你們開餐廳的，怎麼菜沒有炒，牛肉煎沒熟，點心是酸的，這樣的東西你們也敢賣給人吃？」

那套餐的三道菜是一般的：

前菜：生菜沙拉

主菜：牛排

甜點：水果優格

果真菜沒有炒，牛肉煎沒熟，點心是酸的。

王齊芳哈哈大笑，笑到捧著肚子只差在地上打滾。卻是突然會意到：父親講的不會是他自己吧?!他早年、第一次吃西餐的經驗？連一向不拘小節的父親也都假借是他人，可見他真的感到自己太過老土了。瞄眼，父親一臉尷尬。王齊芳再笑也不是不笑也不是……

他們家裡不常吃西餐，也不像母親娘家（基本上是大舅家），吃較多「生、冷」的食物——父親說那是來自日本人的習慣。而不管吃不吃西餐、日本菜，他們兩家都不吃咖哩飯。這日本人改良自「異國美食」後的最愛之一。

即便愛吃出名如父親，對咖哩飯並不熱中。

其時島嶼除了極少數時新人家，基本上是不吃咖哩的。島嶼位處亞熱帶，四面環海，的確高溫潮濕。然島嶼並不似一般常以為，會盛產辣椒等這類辛香調料，住民也並不特別嗜吃辛辣食物。

要吃辣？還要更南方，到真正的熱帶地區，方需要有排汗功能的辛香調料。

家中不嗜吃辛香口味，一開始王齊芳也以為咖哩是「一種東西」，一種長在樹上或地下的植物，拿來曬乾或研磨成粉，便可成為「咖哩」。

稍後方知得由多種香料方能調配而成。

咖哩配方所需：

調色類：姜黃、蕃紅花、胡椒等。
芳香類：芫、茴香、小茴香、鼠尾草、丁香、肉桂、牙買加胡椒、月桂葉等。
辛辣類：黑胡椒、白胡椒、薑、紅辣椒、辣椒粉、蒜、芥末、蒔蘿子等。

而當東南亞的咖哩料理、特別是日式的咖哩名店來台開分店，全面多方考究到咖哩配料得由多達四十種的綜合辛香料拌炒而成。自稱善作咖哩的美食家，各是有諸多祕訣，強調「世界頂級」蔚為風潮。

父親對此不太以為然。

「何必一定要所謂『最好的』呢？」

父親幾許不屑的說。然畢竟是白手起家自己賺得的財富，便還會加上：

「那種錢，我們也不是出不起。」

父親基本上信仰的是：

「只要是來自同樣的一塊土地，從這塊土地種出來的米、菜，養出來的豬、雞，擺在一起作出來的菜，味道就會是對的。這塊土地花了數千年、數百年，才將這些作物調和到相互對味。」

不信邪的他更說：

「怎會一定要夏威夷的 Maui 洋蔥、日本名古屋的雞、美國艾達荷或祕魯來的馬鈴薯，這些所謂『最好的』放在一起，才能作出頂級『咖哩飯』。」

好嘗試的父親便用家中自養的土雞、島嶼自種的洋蔥、胡蘿蔔，甚且用蕃薯取代馬鈴薯來作咖哩飯。

而那蕃薯被島嶼住民普遍認為是十分低賤的食物，窮人用以果腹的主食，蕃薯葉子用來養豬，蕃薯吃後易放臭屁極為不雅。由於多年來的外來政權統治，島民稱外形近似蕃薯的台灣島嶼為「蕃薯仔島」，自稱作「蕃薯囝仔」。

（半個多世紀後，有衛生組織經三年研究，認為蕃薯含豐富的維生素又能抗癌，評選為「十大健康食物」之首。）

至於「咖哩」作法，父親捨棄由幾十種辛香調料自作，對習慣中華料理的父親來說，調味料一直不是烹調重點，食材，特別是火候，方是首選。

父親選用已調配好的咖哩乾粉，但考究的不炒咖哩乾粉，怕油溫過高顏色容易焦黃，而先將咖哩粉調漿，加入蔥薑蒜碎泥煸炒。再將洋蔥小火慢炒成深褐泥狀，加入胡蘿蔔、雞肉炒過，以炒過的咖哩粉調漿燜煮。

然最後證明，蕃薯果真不適合作「咖哩飯」，它本身甜、足、鬆，適合直接食用或作甜品。不似馬鈴薯簡單、可以外加調料來入味作菜。

原來就少作西餐的父親，經此也就不再作西式餐點了。

有陣子報章雜誌的文章在大力渲染「媽媽的味道」，好似沒有一個會作菜的媽媽，就不足成為食家。

王齊芳原以為父親許是為替他貧窮的童年作分辯吧！方會這樣說：

「吃到一個層度，我們要放下我們習慣的、熟悉的味道，才能真正去品味別的國家、別種文化形成的菜。

「還不用說差異甚大的西餐，就拿體系相近的日本料理，光是一味湯底，我們好用老母雞、火腿去吊，他們用柴魚、昆布。如只執著我們的高湯美味，便不能分辨出柴魚、昆布等湯底的細微之處。」

在世界各地有了更多吃美食的經驗後，王齊芳再回想起父親這番話，不免深自首肯：

父親的見地果真過人。

放下。

是要真正進入美食境界不可或缺的。

王齊芳還要聽到父親一趟日本回來，接受他生意上的夥伴的盛情招待，並不曾有如她預期的快慰。尤其對東京銀座一家盡其高檔，被評價為講究所有一切都是世界頂級——「夢幻食材」，只有極少數人消費得起的傳統日式料理，父親簡單的說：

「當然是很好，但一切到了極致，像橡皮筋綳得太緊了，沒有其他的空間。」

專注。

放下。

空間。

4

始自童小，她便有將糖果放在口袋的習慣。

她的年代台灣仍處於普遍貧窮的時候，年長後她的朋友們仍會訴說童年時沒鞋子穿赤腳上學，拿美援的麵粉袋作衣褲，上面還有編號，像一隻隻被餵養的豬仔。

他們當然不會有吃不完的糖果還放在口袋裡，「糖果」這樣的東西在當時是十足的奢侈品，尤其像她能放入口袋的，絕不是那種赤身裸體的只由糖和色料作成的「柑仔糖」。這樣的裸糖不要說放口袋，只消拿在手裡不吃一下子，手溫和空氣就會使糖返潮，流糖流漿。

她能放入口袋的通常是外面有精美透明彩紙包裝的糖果，甜的糖放入口中慢慢融化是一種幸福，但總是過去得太快。糖果紙卻是永恆的收藏，打開攤平夾在教科書書頁裡，即便還有餘糖弄髒課本，重要的是粉色透明的玻璃紙，不要叫課本油墨給沾污了。

粉色透明的玻璃紙，是天青、嫩綠、鵝黃、粉紅、淺紫……最柔美清純的透明顏色下，可清楚讀到這類似的故事：

易牙，這服侍齊桓公的一代大廚，如何將自己的兒子燒給他服侍的帝王吃。

王齊芳以小時候即同父親吃遍不少美食，聽後興致的追問了許多問題：

帝王要吃人，有的是戰俘奴隸，易牙為什麼要殺自己的兒子？兒子當時幾歲，年幼才好吃吧！但要幼小到幾歲？肥嘟嘟奶娃娃、牙牙學語時，還是精壯的少年，總不會是壯年之後。

燒法呢？是烤、扒、炸、炒、溜、燴、蒸、熬……

要先放血嗎？從哪裡？砍掉頭頸、切斷四肢、開膛破肚……

老師不曾回答這些問題，應是無從深入得知而且也太過血腥對學童不宜。王齊芳回家問父親，父親亦避開不談。

這不曾得知的「吃食」內容，反倒懷帶了各式的可能，便在逐年逐日的往後，滋長成一個廣袤無邊的巨大惡夢。

直到父親老年生病後，王齊芳有一回方聽得父親說：

「以前的帝王以為吃遍天下美食奇珍，再沒有什麼可吃了，除了人；名廚也以為燒遍天下食材，除了烹人。可是這樣認為真是虛妄啊！」

父親接說時有著悲傷：

「真是虛妄啊！只要看我們現代人，全世界物品流通，隨便一個人吃的都十、百倍於舊日天子。」

嘆了口氣，最後父親搖搖頭說：

「吃不勝吃，吃無止盡，可是還是人吃人哩！」

就像那不曾得知的易牙與齊桓公的「吃食」內容，反倒懷帶了各式的可能，王齊芳在滋長的廣袤無邊的夢想中開始寫作，也讓父親重憶起過往在台北驛鐵道旅館的餐廳裡，接受在地台灣人的招待，是座上最尊貴的客人、上上賓的內地日本作家，一再謙讓後方點的一道咖哩飯。

許多年後，那時父親方新近過世，在一次為父親作法會的道場，她聽來一則有關咖哩的故事：

據聞第一位作咖哩的人是釋迦牟尼。

印度傳說中，釋迦牟尼教人用樹草的果實調配，作成長生不老的靈藥，並以釋迦牟尼當初傳教的地名「咖哩」，來作為這靈藥的名稱。而後，人們將此靈藥當成料理的調味料，廣泛地傳播開來。

王齊芳十分歡喜的笑了。

啊！多麼美好啊！原來調料可以是靈藥。那引渡眾生脫離人生苦海的佛陀，也以食物作接引呢！

承 The Middle

牛肉麵

他被當成政治犯逮捕，還被判處死刑，後來方改為無期徒刑。在他被囚禁的二十三年間，有一次有一天，他極想吃一碗牛肉麵。

那時牢裡可以買到牛肉麵，當然要有錢，但也非昂貴到一般犯人都吃不起。基本上是有錢、付費，便可以吃到一碗牛肉麵。

他雖是政治犯，牢外的家人提供不虞缺乏的金錢，不容浪費，但吃碗牛肉麵，特別是嘴饞極思要吃些東西時，是吃得起的。

他叫了麵，規矩是下午五點登記，晚上九點送來，作消夜吃。吃麵的時候他看到對面牢房囚禁的犯人，和他一樣都是政治犯，以無比豔羨的眼神，盯著他手中的麵，看著他把最後一口麵湯喝完。

他心中想到要為這名政治犯難友叫一碗麵。他知道難友從沒有親人前來探視，當然沒有錢買麵吃。

他要請這名難友吃碗牛肉麵。

隔天，為了一個他覺得不太是理由的理由，他沒有訂麵（他較少提及那一天何以不曾及時訂到那碗牛肉麵，如果必要解釋他才會說是因著他正在蹲廁所）。

他心想也不差這一天，牢裡什麼都沒有，有的就是時間。反正明天下午再訂一碗，晚上睡前，就送到難友手中了。

第二天，他尚來不及向牢方訂一碗牛肉麵，天剛破曉時，難友被拉出去槍斃了。

許多許多年後，甚且到他集榮耀於一身，是為具影響力的政治人物，他都還一直記得這碗未訂的牛肉麵。

牛肉麵

通常作成湯麵的一種，以其主要用牛肉作料而得名。

以牛肉塊和滷包熬煮成整鍋帶肉湯汁，適量盛入大碗，再加上水煮過的麵條，幾枝青菜，撒上蔥花，便成一碗熱騰騰、香噴噴的牛肉麵。

濃郁的黑褐色湯汁上通常會漂著一層牛肉煮出的油，晶亮亮的油水不至全然蒙蓋住裡面的熱氣，便可見載浮載沉於湯汁中米白清純稚嫩的白色麵條，與怎麼看都不太無辜的褐紅色肉塊。熱提起牛肉是為肉類的腥羶，已經滷包調味中和，便成為帶香料的肉香。

仍沉重的香氣。

卻是如假包換的美味。

許多年後，當「白色恐怖」的陰影遠去，或者說，甚且在大逮捕與刑求仍存在時——畢竟長達超過半世紀。人們（當然包含他的政治犯敵人）就曾質疑，公開與私下質疑：

「政治犯在牢裡還可以買牛肉麵吃？可見坐牢沒什麼嘛！」

他就需要辯白：

「花錢能買到牛肉麵吃，只有被關在『警備總部軍法處』的時期。」

人們多半不再說什麼，他們立時明白，這是一個等候判決、也是一個等候處刑的地方。

那臨執刑前給犯人較豐富的一餐，一直是這個遠從中國大陸前來統治的民族的習俗。孩子們始自童小，就會聽到，臨死刑前，稱得上「漢子」的人，能大口吃肉大碗飲酒，再撂下這樣一句話：

「砍頭不過碗大的窟窿，二十年後又是一條好漢。」

給刑前的犯人喝酒為壯膽，但為什麼一定給肉吃呢？那前來統治的民族源自北方黃河流域，內陸不靠海，河、塘裡的魚通常不容易體大，大的魚多半珍貴。如是小魚，魚小多刺。能想像含著眼淚（或眼神一片空洞）的死囚，在牢裡昏昧不明的光線下，得一根根小心翼翼的挑出魚刺、再送入口中？

那河、塘裡的魚通常還不能靠筷子挑出魚刺，只消翻撓幾下，白色的魚肉很快的以十分決然之姿背離魚的主要骨架，除了像野生黃魚這樣珍貴的海魚，肉會以像大蒜瓣的形樣，一瓣一瓣的剝落下來，每一瓣分離開的魚肉都是嫩白晶瑩的蒜瓣狀美姿。多半魚的肉只能以細碎仍綿密結合的魚肉纖維，白糊糊的一坨、一堆散落下來。

要讓魚肉、魚骨分離，還經常蹧蹋一尾魚不成魚形，從魚頭到魚尾整個背脊骨截節斷裂，支撐魚身的橫刺根根被拔除……

比較容易的因而是試圖將魚骨燉爛，那從中國大陸前來統治的民族以烹煮菜餚聞名於世，他們便會作出像「蔥燒鯽魚」這樣的名菜。善烹調的廚師能將巴掌大、全身都是小刺的鯽魚，煮至魚骨根根酥化，但又能保住魚肉不至糊爛、變味，還能魚身充滿蔥香入味。

（可是也不能給牢裡的死囚最後一餐飯有「蔥燒鯽魚」，這菜太費工費時了，雖然蔥和鯽魚都是便宜的食材。）

所以最好還是肉。

便是他在「警備總部軍法處」等待判刑、他的政治犯難友等待被槍斃時，能訂到的那碗牛肉麵。

「牛肉」——麵。

那「警備總部軍法處」，傳言中的「巴士底獄」，一直是一個神祕的所在。

他在被捕後歷經近兩年的審問、轉移幾個囚禁地方後，以無串供之虞，方被送來此等候判決。

他被移送來此是由密閉的偵訪車，到抵後只見一排簡單的牢房。至於高牆、鐵絲網、警衛……都只在同房難友的描述中。沒有人能加以證實這樣子的描述是否屬實，當然也沒有人提出反駁，因著能走出這一格一格囚室，見到囚室外其他建築部分的，只有那被拖出去行刑——槍斃的人，以及，判刑確定後發監囚禁的犯人。

（沒有人能回頭、或願意回頭。）

他們在狹窄的囚室裡，以各處搜取得知的訊息，談著這無人敢反駁的「警備總部軍法處」，它所在的位置、它鄰近的環境、它的外觀、內部。他們必需這樣談論，方讓他們確信他們果真還在某地，尚未消失，也還沒有被遺忘。

（而沒有人願意證實他們的談論。為了怕越獄，與他們唯一有接觸的警衛，奉命不能告之任何相關訊息。）

於等候判決的漫長時日裡，終有一天，他換到另一側的牢房，在這裡他獲准寫信、親人也方能知曉他的下落，可以來此探訪。

從可以信賴的親人口中，他能確知他所在的位置，沒錯，他仍在台北市，那是為從中國前來統治的國民黨政權的首善之都，台北市，只不過是在邊緣。

妻子帶來一些金錢，往後並會每個月寄來兩百塊錢。才能順利支付牢內日常生活所需。

牢裡供應三餐伙食，但牙刷、肥皂、毛巾、衛生紙，仍得自己出錢購買。他在這之前一定是過怕了大便後沒有紙擦的日子，所以往後即便成為一個頭頂光環的政治異議分子，他隨身攜帶的小包裡，仍一定有毛巾、衛生紙、牙刷……以及，一定額度的現金。

他在這裡等候那不知何時會來到的判決，等候的是徒刑，或依「動員時期堪亂法懲治叛亂條例」的唯一死刑。

拉出去槍斃——執行死刑，在這裡通常是星期五，天濛濛才要亮，警衛室的燈一亮，便知道是日又要槍斃人了。至於是誰，得看班長走向哪個牢房，叫的是哪個人的名字。

為了這槍斃犯人的星期五，前一天晚上，也就是星期四晚上，牢裡一律加菜，每個犯人多加一塊三寸來長的肉和豆腐。

對等候判刑的犯人，這塊肉與豆腐是每個星期等待的口腹飽足與滋養。在毫無油水的殘敗餐食裡，終於有了這塊肉，小小一塊三寸來長，至少是塊肉，咬下去，有肥油滲出，幾乎可以聽到肥肉在牙齒咬合中滋一聲歡快的叫聲，接下來油水出來了，先是在齒間，滑潤了乾澀的牙齒、齒齦，然後才是嘴，嘩！整個嘴裡……

冒著油水！

對於判決確定的死刑犯，每個星期四這一塊三寸來長的肉與豆腐，在在都可能是「最後豐盛的那一餐」。

他們在接受死刑通知後，晚上通常都不睡、睡白天。同房的難友也願意配合，分擔掉他們該作的事。何以要睡白天？是在等待隔日是否輪到他們被槍決的漫漫長夜裡，根本無從入睡？還是，對少剩無多的時日要多加珍惜？還是，醒著總是較為安心？

不論為何，在等待天亮或可能到臨的槍決，漫漫長夜裡，肚子至少有那一塊三寸來長的肉。當然也有豆腐和是夜的飯菜，但牢裡的伙食缺乏油水，發黑的米、長蟲的麵粉、能噎死人的粗菜梗……在腸胃裡得快被消化掉了，最後，在等待可能來臨的死刑，肚子裡，有的便是那一塊三寸來長的肉。

至於等待判刑的犯人，這一塊肉，可以是無處可去的狹窄囚室中，接下來一個星期談論的重點：

「為什麼送飯的外役這回給他較大的一塊肉？」

「他的肉為什麼部位比較好，都是瘦肉？」

「我一連三次拿到的都是皮，這條老母豬一定生了不知道幾百胎，皮老到咬不動。」

（是他作了什麼對不起難友的事？他出賣了誰？才有如此較好的待遇，每次都有最大塊的肉吃？）

但有肉吃總是好事，他們也會開開這樣的玩笑：

「我分到的肉還長毛，一根根站得像下面那根……嘻嘻、嘻。」

有人便反故意問：

「你那根只有豬毛那麼細啊？」

還好還會有下一回、下個星期四，總希望分到的肉大塊些、瘦肉多、部位好些。

等候判刑的人吃著這基本上是為等待行刑（通常是槍斃）的人準備的肉，而會不會有人問：

「他們吃的是誰的肉？」

有了家裡按月寄來的兩百塊，他便不全然得靠這每個星期四方有的一塊肉，他小心的計算牢裡的花費，讓自己一個星期吃一、兩次牛肉麵。

（牢裡一碗牛肉麵五塊錢。）

那「警備總部軍法處」，能讓等候判刑、與等候行刑的人預訂的牛肉麵，其實暗藏玄機。

牢裡供應三餐，再怎樣與黑的米、長蟲的麵粉、足以噎死人的蔬菜梗，三餐定時送達。只有這額外訂的牛肉麵，下午五點訂，晚上九點送達。

也就是說，每個星期四，除了下午五點就送達的晚餐多加一塊三寸來長的肉外，他們，特別是那些等候明天天濛濛亮是否就輪到自己被拉出去槍斃的死刑犯，如果有能力，也可以為自己叫一碗牛肉麵——

送達的時間是九點，夜裡九點，離行刑的時間更近些。

那遠從中國大陸渡過台灣海峽前來統治的北方民族，深信「吃飽作飽鬼」的說法，特別是對屈死、枉死的鬼魂，如果臨終尚不能飽餐一頓，餓鬼一定只有更加難纏。

臨行刑前，便要有一頓款待，有酒有肉是最基本的餐飲，可是犯人在生命的最緊要關口，通常食難下嚥，只有極少數人或能略抿一下酒。這死前最後的飽餐，便全然失去意義。

是不是因此，在「警備總部軍法處」，那人人懼怕的「巴士底獄」，提供了這碗夜裡九點方送達的牛肉麵？離明晨的行刑時間尚有六、七個小時，對等待隔日是否會是下一個被槍斃的死囚，至少較有心情還能吃得下?!

他會想要點麵給同關一起的政治犯難友，當然因著難友已經死刑確定，在等候處刑。

他一直記得，這政治犯難友，每當他吃麵時，趴在對面牢房的鐵欄杆上，看著他的那種極度渴欲的神情。每回都是看他把最後一口麵湯喝完，那難友也才喉頭一陣顫動、吞下最後一口口水。

他知道這政治犯難友何以如此想吃這碗牛肉麵，因為麵裡可以加辣，而難友嗜辣椒如命。

嗜吃辣的政治犯難友，其實標識了他來自的不同地區，他一定是一九四九年，方跟隨來統治的國民黨政權前來台灣。

（他應該是國民黨帶來的「自己人」！怎麼會也被判處死刑？國民黨整肅的，不該都是島上的「異己」？）

那台灣島嶼位處亞熱帶，濕熱，居民基本上不吃辣，得是更南方的熱帶地區，人們方需要辣椒幫助排汗。那國民黨政權遠從溫帶、寒帶來的「自己人」，為排除濕氣與去寒，他們吃花椒、大蒜與辣椒。

「吃辣」與「不吃辣」，在那個年代的監牢裡，大略的可以區分兩種政治犯。

由他們臨行刑前喊的口號亦可分出端倪。

他們喊的當然不再是：

「二十年後又是一條好漢！」

可能是：

「共產黨萬歲！毛澤東萬歲！」

「無產階級萬歲！」

「中華人民共和國萬歲！」

如果不是雙腿發軟無法行走，只有被警衛架出去，他們便可以一路走一路唱〈國際歌〉，通常是只能唱一小段，有的甚至剛起個音，警衛的槍托便一把打過來，中斷了歌聲。

（這些人便會是吃辣的，吃大蒜、花椒、辣椒。）

他和另外一些台灣土生土長的政治犯不為信奉紅色思想入獄，他們的罪名通常是：

籌組「台灣獨立聯盟」。

籌組「亞細亞同盟」。

所以他們喊：

「台灣獨立萬歲！」

「台灣人民站起來！」

「台灣共和國萬歲！」

（這些人基本上便是較少、不吃辣的。）

當然也有明顯的例外：不吃辣的台灣人也有因紅色思想而入獄；但吃辣的隨國民黨政權來台的人，在那個時代，的確極少支持台灣獨立的。

所以當他知曉對面牢房的這名政治犯難友如此嗜吃辣，他知道他們來自不同的地方；而他們入獄的理由，也就是說，他們的政治信仰並不一樣。

但他們都是政治犯、同是落難者。在五、六〇年代，吃辣的紅色思想，與不吃辣的台灣獨立，仍相互同情，因著他們還有一個共同的口號要喊：

「打倒萬惡的國民黨！」

「打倒蔣介石政權！」

他甚且還為這吃辣椒的政治犯感到更深的悲哀：

蔣介石對在地的台灣人下手也罷，對自己從中國大陸帶來的人，居然也如此。

那碗牛肉麵是否因此成為「同是天涯淪落人」的指標，是一個在地的台灣人對一個遠從異地而來的政治犯的溫情的輸送？

可是牛肉麵，與辣椒又有什麼關係呢？

「清燉牛肉麵」與「紅燒牛肉麵」

那以牛肉作為佐料作成的牛肉湯麵，事實上還應該分為兩大類：「清燉牛肉麵」與「紅燒牛肉麵」。

以清湯寡水（簡單的講就是清水）作湯底，加入牛肉塊和蔥、薑、酒等，加以熬煮而成的牛肉湯，便稱「清燉牛肉湯」，再加入麵條，即成「清燉牛肉麵」。

如果同上程序，但在湯中加入豆瓣醬、醬油與滷包熬煮，便能煮出「紅燒牛肉麵」。如此燉煮出來的湯汁會呈現一種帶陽光般的淺褐色，牛肉塊是油金的褐，如果再加上辣椒作成的辣油，湯面上汪著一層紅澄澄的瑰麗辣油色澤，會全然蒙住了熱氣，便只見水氣不興的湯如同夕照水面，平靜祥和卻誘人深入。於是，放心的大喝一口，啊！那種辣、那種熱……

殺了我吧！

他不滿那帶軍隊來台屠殺台灣人的蔣介石國民黨政權，更因具有「台灣獨立思想」，即將被判處無期徒刑。他在牢裡別無選擇叫牛肉麵吃（唯一可以買到的食物），他也深信那蔣介石從中國帶來、嗜吃辣的政治犯會希望能在行刑前吃到一碗牛肉麵，可是他仍想問：

何以在那「警備總部軍法處」裡，囚禁的大多數仍是台灣本地人，提供讓死刑犯最後飽餐一頓的食物，居然是牛肉麵？

為了配合牢裡仍有為數不少、隨蔣家政權自中國來的「外省人」政治犯——一如那嗜吃辣的政治犯——的口味?!

那島嶼台灣，人民一向務農，牛是幫助耕種、能餵飽一家人的重大功臣，一般視牛為家中一分子，其時絕大多數的台灣老百姓不吃牛肉，以示對牛的感恩。

「吃了牛犬、地獄難免」成為島嶼俗諺，連父母親都教導孩子，走過屠宰場看到屠牛、甚且只聽到牛的哀號，馬上要閉上眼睛、雙手放到背後作被綑綁的樣子，表示自己都已如此，心有餘而力不足，無法伸出援手實是無奈。以後死了閻羅王才不會怪罪見死不救。

雖然殖民島嶼五十年，帶來西化的日本人在像「鐵道旅館」這樣的吃西餐場域提供「牛扒」這類菜色，絕大多數的台灣人，到日本內地看到「牛肉火鍋」，連牛肉湯都不敢喝。

（如何能想像臨行刑的台灣人，捧著一碗牛肉麵，說是吃了後好「上路」？）

如果一定要作肉食，為什麼不作豬肉、雞肉?將豬背的「三層肉」白煮作成白切肉，一直是島嶼祭拜各路鬼神的上供，也是過往臨刑的台灣人「最後的飽餐」的必備。

要不也可以用魚，島嶼四面臨海，多的是肥大的海魚，旗魚、鯊魚、土鮀魚、白腹魚……隻隻可以達十幾台斤，便宜又好吃。況且大魚少刺，要切片快炒、清蒸魚肚，煮魚尾湯、或搗細作成魚丸，十分容易料理。

如果一定要像牛肉麵作得湯湯水水，那麼，海魚一直是作魚羹的最好材料。來碗土鮀魚羹如何？這人們習慣的小吃，滿滿是島嶼故鄉的風味、媽媽的手藝。

為什麼一定是牛肉「麵」呢？

島嶼位處亞熱帶，稻米最多可三熟，炎熱不適合種麥子，居民以稻米為主食，然最後引領他們「上路」、在他們的肚內讓他們還有力氣在陰冥路上前行的，居然是麵食。

如果照島嶼傳統對死亡的諸多禁忌，死前吃下不該吃的食物（比如原該感恩的牛），不正是一種詛咒，讓死者懷帶更多罪行，永生永世不得超生！

那遠自中國大陸前來統治的國民黨政權，統治的何止是這整個島嶼、這作為行政中心的首善之都台北市、這囚禁犯人的「警備總部軍法處」，那國民黨政權所能統治管轄的區域，事實上，更遠及於人們的腸胃。

（甚且死後前往的所在？）

近三十年後，隨著政局演變，那自中國大陸前來統治的國民黨政權失利，他也從一個具有崇高光環的異議分子，變成為具實際權力的政治人物，他還屢次提及這碗未曾送抵的牛肉麵。

人們看得出他真心的惋惜，他並不只為作秀。而那未曾達成的善意，總是人生中永遠的缺憾。人們認為他或還不失熱情。

隨著海峽兩岸的政治新局勢，他也能過海到中國大陸的土地參訪，當然得冒著被中國政府掛上「回歸」這樣的名目。他以為自己坐過的二十三年牢足以證明對島嶼全然的愛，他到對岸是尋求一種「大和解」，好讓雙方有和平的對話空間。（他的政治犯難友則認為他無疑是想以此圖謀更大的政治利益，他是為了個人權力，背叛了他的「台灣獨立」理念，背叛了台灣人民。）

他到了中國，拜訪了四川，便要求一定要吃碗在台灣習慣的「紅燒牛肉麵」。

他以為自己遠來是「客」，尤其曾被稱為「台獨分子」，為表示他其實有份更寬廣的心——不排除國民黨政權帶來的中國化對台灣的影響。當然更為示好當地居民，他熱烈的表示：

「我們常管『紅燒牛肉麵』，統統叫作『四川牛肉麵』呢！」

然後他解釋：

「這牛肉麵是一九四九年後主要由四川傳到台灣，再在台灣原樣的留傳下來，所以在台灣牛肉麵大半會叫『四川牛肉麵』。」

然而找遍整個四川，沒有這樣的「四川牛肉麵」，四川人更不知道有一種「四川牛肉麵」還能過海傳到遙遠的台灣。

他原以為是經過共產黨翻天覆地的大變革，才使現在的四川人不知道一九四九年革命前舊有的「四川牛肉麵」。然而仔細詢問一再探找，他真是十分驚奇的發現，整個四川，果真沒有他在台灣習慣吃的「四川牛肉麵」，更不用講他在牢裡未曾訂的那碗牛肉麵。

四川是有一種加花椒燒成的辣牛肉湯，稱「紅牛肉湯」，但調味方式與他在台灣慣吃的「四川牛肉麵」相當不同。最明顯的除了不加豆瓣醬的差別外，還有盛產花椒的四川用花椒作成麻辣的效果，他在台灣慣吃的「四川牛肉麵」，加的是辣椒作成的辣油、辣豆瓣醬，基本上只有辣而不會麻。

（產自南洋等地的辣椒，傳到中國的時間十分晚近，大約在清朝中期，距今不過兩百多年時間。）

更重要的差異是，四川人不會將煮過的麵條加入牛肉湯裡，作為所謂的「牛肉麵」——不管叫不叫「四川牛肉麵」。在四川，牛肉湯歸牛肉湯，麵歸麵。

他承認他是如此的吃驚，四十幾年來，他一直以為，那在台灣四處可吃到的「四川牛肉麵」，是源自四川。而要等到他親抵四川，要找尋「四川牛肉麵」，才知道這樣的牛肉麵根本不存在於四川，很明顯的是來自台灣。

那瞬間他的確有一種時空、區域錯置的感覺，紛亂的閃過他的眼前整個過往，歷歷如繪的是許多許多年以前，在牢裡未曾叫到的那碗牛肉麵。他以為被掌控的胃、被限制於窄小牢房裡的絕望與恐懼，他的台獨理念，他因此遭到的二十三年的囚禁……

自一九四九年以來那次跨越海峽的大區塊移動後，究竟什麼是「台灣」？如果當時即知道這碗牛肉麵並不來自四川，而是來自軍中的伙夫，基本上是「台灣」的產物，一切會有所不同嗎？

（會不會有更多這樣的「台灣」存在於現今的島嶼，往後又如何來重新面對？）

作為父親稱道的「作家」，王齊芳多年後也為這政治異議分子寫傳記，對這一碗未曾送達的牛肉麵，尤其感觸深切。

稍後王齊芳深入研究，由各方食家們一致的意見裡，得到這樣的說法——這基本上已成為島嶼對「牛肉麵」的共識：

「台灣牛肉麵」或「川味牛肉麵」

一九四九年，蔣介石慘敗於毛澤東之手，帶著國民黨政府軍民，從中國大陸撤退到海峽對岸的小島台灣，隨行的軍人有老班長退伍下來，在島嶼南端的鳳山憑著記憶與經驗，製作大陸老家的豆瓣醬、辣豆瓣醬。

將豆瓣醬與滷包加入牛肉湯中熬煮，便以此燒出紅燒牛肉湯，再加入麵條，即成那著名的牛肉麵。

在戰亂方結束普遍貧窮的年代，賣牛肉麵的店家亦準備切絲快炒的酸菜，讓客人加味，一時，牛肉麵上加辣油、加酸菜、加蒜頭……不一而足。

始創的幾個老班長來自四川，擅燒辣牛肉麵，這紅燒辣牛肉麵，便被稱為「四川牛肉麵」。有的牛肉麵店老闆並非來自四川，但要借用這牛肉麵名稱，便叫「川味牛肉麵」。之後牛肉麵在全台普及家喻戶曉，「四川」、「川味」牛肉麵不再重要，個人化的「老張牛肉麵」、「李記牛肉麵」應景而生。

隨著島嶼經濟起飛，對食物愈來愈講究，嫌清湯寡水難有好滋味，考究的作法會先加入大量牛骨、牛筋，甚且雞骨熬成高湯作底。

調味的豆瓣醬與滷包，更多所研試。豆瓣醬公認還是以原台灣南部鳳山所產為最佳。有人還加上紅糟，除增味，紅糟色澤紅嫩，可使燉煮出來的肉不至全然褐色，而有抹紅暈，嬌嫩一如處子。滷包則使用上更加小心。

滷包裡原可以包含花椒、八角、桂皮、甘草、丁香、肉豆蔻、小茴香等等香料，好用來去腥、增鮮、提味。後認為八角霸味，丁香過強，皆會奪味，用量減少，有人根本不用；更多的人強調不用人工味精，以中藥《本草綱目》中認為味甘、能解肉毒的甘草來提味。

使用的牛肉塊，強調要用上好的黃牛肉，筋肉有其嚼勁，一般養殖牛肉肉軟，不堪燉煮；至於部位，前腿腱子肉為最佳，煮熟後牛肉塊有透明筋絡花紋，光觀看即賞心悅目。

如此，高湯、調味料、酒、牛肉塊經長時間慢火燉煮，牛肉不僅入味還汁鮮味美。加入的麵條除了粗、細麵不同外，皆以手工製，Q且有勁為最佳。有人甚且嘗試用日本麵烏龍麵。（只至今不曾聽聞有人用 Spaghetti 義大利麵。）

至於加不加辣椒、辣油、大蒜、酸菜絲，則各憑喜好。

九〇年代海峽兩岸開始有了商貿往來後，有台灣商家前往中國開牛肉麵店，一時不知要如何稱呼這碗牛肉麵，「四川牛肉麵」既不適合，便在菜單、招牌上寫：

「川味牛肉麵」。

有的商家更直接使用：

「台灣牛肉麵」。

而在歐、美店家如要與中國來的牛肉麵館作區分，都會直稱「台灣牛肉麵」。

珍珠奶茶

珍珠

1

王齊芳從來不敢說，她是在奶油與麵粉的烘焙暖香中成長的，即便長大後到首善之都的台北來讀大學，那時整個島嶼正進入「回歸鄉土」的最高熱潮，有人提及她故鄉鹿城的「十美堂」，她也都笑笑不語。

因而很少人知道，「十美堂」原是她母親娘家的產業。

最開始，當然是很久以前，遠在日本人來統治的一八九五年前，還是前清，而且是清朝中期，「十美堂」只是一家小糕餅店，在巷弄的自家裡，連招牌都沒有。

王齊芳小時候還看過這類似的小店，根本上不叫「糕餅店」，也沒有餅，就是賣「粿仔」。鄉坊間都知道它在何處，基本上就是在自家有口石磨磨米，蒸籠裡將米蒸熟，再加上爆香的油蔥頭、桂花、酸梅、綠豆、紅豆等等，用木頭雕成上有各式刻出花樣的模具，印作成鹹的、甜的「粿仔」。

那母親的一方家族，在前清從這樣的「糕餅店」起家，碰到善經營的先祖，發展成為與唐山生意往來的南北貨行，賺了大筆財富買地建屋，幾代下來子孫再不善營生，只守住家族本源的「十美堂」，在鹿城的市街上稱得上真正是百年老店，也有一定的聲譽。

到了日人來台晚期，王齊芳的大舅，那被稱作是家族最後一個「了尾仔」，到日本時喝到可樂，震驚於「天下有如比好喝的東西」，也嚐到東京「木村堂」作的「紅豆麵包」，大為傾倒。偏食聞名的大舅，據說就因此長年蟄居東京，好每天能吃到「紅豆麵包」。

不論在日本、台灣，都共同用「PON」來稱「麵包」，原是葡萄牙文的「PON」，隨日據時代作麵包的技術傳到台灣，一直沿用至今。島嶼人們也接續日本人的口味，喜好在麵粉烘烤的外皮內填加入甜餡，用來作餡的都是常見的作物。

便有「紅豆麵包」、「芋頭麵包」等等，「奶油麵包」還有一個特殊的叫「克林姆」的名稱，來自奶油 Cream 這個字的發音。

大舅原希望能在東京一直喝可樂、吃「紅豆麵包」，然家族產業已大不如前，只有回來。為讓家族覺得他在日本多年並非全然無所事事，便沿用一套「吃麵包是強身健魄、有助台灣人從根本改善體質，不再像支那人作東亞病夫」說詞，要回來改造「十美堂」。

自持「十美堂」少爺身分，大舅不可能自己操作麵包事務，透過家族多年關係，帶了「十美堂」夥計到其時台北開風氣之先的西餐店，拜師學藝。回鹿城將「十美堂」改成第一家西點麵包店，因著稀罕生意不差，可說將「十美堂」帶到一個新方向。

千惠表姊是大舅最小的女兒，與王齊芳兩人出生的時日相近，童小時自然是玩在一起，然遠自唐山來一九四九年後無從回去的算命師傅對兩人的命格，有全然不同的說法。

無需唐山師傅的命相，家族對兩個女兒看法也截然不同。千惠表姊一出生落地，就是出名的美人胚子，及長巴掌大的瓜子臉、纖瘦細緻的玲瓏曲線，特別是那一雙真正是如夢似幻的大眼睛，長而捲的睫毛顫動如黑蝶翩飛，下一瞬間，真就可期待晶瑩淚水滴落，化作串串珍珠。

柔弱美麗的千惠表姊如同當時一些被稱作「多愁善感」的女子一樣，喜歡中國古典文學裡哀怨悽惋、纏綿悱惻、欲說還休的說情方式。並且還要先從文字，尤其是小說中讀到愛情。

（這些不管是如古典《紅樓夢》、現代翻譯或國人自創的「羅曼史」愛情小說，自然只有在私密的手帕交之間流傳，絕不能為父兄得知。）

大舅極鍾愛這個最小女兒，以著鹿城士紳老家族的教養方式嚴格管教。然雖以文采稱著，寫得一手抒情文的千惠表姊不愛讀教科書，高中畢業沒能考上大學賦閒在家。大舅在前仆後繼前來提親的人當中，開始認真物色適當的人選。

看來千惠表姊不久後將嫁入門當戶對的豪門作少奶奶，繼續讀她的愛情小說。

至於王齊芳，父親以不曾受到正規教育為平生最大遺憾，栽培幾個子女全都得到國外讀書，更希望子女都有日本、歐美的教育養成，好能東西方兼容並蓄。

「只要妳考得上大學，我就能讓妳出國，讀什麼讀多久全隨妳。」父親說。

那時節島嶼在「蔣家政權」長達數十年的白色恐怖高壓控制下，所有與外面的接觸被減到最低。只有小部分公務、商務能出國，不僅不能外出觀光旅遊，連出國留學，都得大學畢業才能申請。

因而當王齊芳也只勉強考上一所私立大學，父親大開宴席，請鹿城最著名的總舖師「阿源師」備了一整天的流水席，幾乎凡上門來的都酒足飯飽才回去。

當然被笑話。以「文風鼎盛」自詡，鹿城以往出過幾十個進士、舉人有功名的人士，晚近考上等同舊日科舉最高學府「台灣大學」的大學生，光是一條「中山路」數都數不完。王齊芳考上一所私立大學，而且是一所吊車尾的私立學校，都如此大事鋪張，本就招人非議，大舅更笑說：

「騙人不曾讀大學啊?!」

不過鹿城人自是記得，大舅的小女兒連大學都沒考上。

2

被以為矇矇矓矓全不願看清外面的世界的千惠表姊，果真應驗算命師傅所言她婚姻上「水（美）人無水命」的宿命：

愛上一個導遊。

那年代方有「觀光客」來台，一開始是韓戰、接下來是越戰就近來台度假的美軍，當然還有貪圖價格低廉來台買春的日本觀光客。

他們乘坐著其時島嶼仍少見的大型遊覽車，密閉式使用空調的遊覽車有著便利視野加大的大片玻璃窗。然這大片透明玻璃窗，好似更為方便讓在地人從外面看進車內「觀光」：高大的遊覽車內一張張明顯是外國人的臉，不管是金髮碧眼的「阿凸仔」，或同樣黃種但怎麼看怎麼不一樣的日本人。

而帶著這些「觀光客」遊覽的，便是本地人導遊。他（她）們同樣坐在密閉式的遊覽車上，與在地人也怎麼看怎麼不一樣。

如果是女導遊，她們一口洋涇浜英文、日文，打扮新潮舉止洋派，一定會被以為想法開放私生活不檢點，只要價格合宜隨時可以與客人發生關係。如果是男導遊，通常是靈活精伶的中年男人，一定會被當「三七仔」看：他們多半帶男客人嫖自己女同胞。

武雄便被認定是這樣的男導遊，即便大舅從不曾見過他一面，也仍愛取笑聽來的關於武雄是戴那種小拇指粗的純金項鍊，穿白色喇叭褲配淡粉紅色襯衫的流氣導遊。

舅媽當然是大舅怪罪的焦點，如果不是舅媽跟流行，與娘家親戚什麼包遊覽車環島旅行，也不至讓千惠表姊與跟團的導遊武雄朝夕相處產生愛意。

戀情立時曝光在武雄寫來滿紙愛意的情書被大舅截獲。大舅強力制止，包括限制千惠表姊所有的行動。發現這樣的愛情絕對為家族不容後，千惠表姊像她一向嗜讀的愛情小說裡的女主角，開始頑強抵抗，企圖逃家不成，絕食、自殺獲救如同小說裡的情節一一搬演。

直到千惠表姊被強制送到日本，去讀那阿姨們讀的「新娘學校」——只有高女畢業學歷不夠好看，像東京澀谷的「青山學院」，有兩年、四年的課程，讀了算有大學學歷，可以是更體面的嫁粧。

千惠表姊被大舅友人強壓著到日本，安排住進遠房親戚家中，護照被扣，眼見只有待時間過去，武雄終只有被遺忘。

大舅如此安排當真是煞費苦心，千惠表姊愛上導遊這樣的事在那年代可說「稀罕」至極。遠離首善之都更非觀光景點，偏遠小鎮對「導遊」這回事只曾聽聞還沒見過，「十美堂」的小姐去愛上一個從小無父無母、祖母養豬、沒上過大學的「導遊」？

什麼時代嘛！古老小鎮自許門風嚴謹的家族，都引以為戒用以教訓子女。

千惠表姊自從進那東京「新娘學校」就讀，表現優越。一年多後遠房親戚傳回千惠與一名在日本的台灣人（應是台灣留學生）交往。

大舅無可無不可的默認，那男人不論是誰，只要人能到日本，就算是窮留學生，大舅認為也有將來可以期許。這本來就一向是家世良好的小姐們的歸宿：帶著大筆嫁粧，嫁給醫學院的窮留學生，窮醫生方有錢開診所而小姐成為人人羨慕的「先生娘」。大舅認為，比起嫁給門當戶對可能吃喝嫖賭樣樣都來的世家子弟，這會是女兒更好的歸宿。

何況千惠自經過那事件，豪門怕再也難進。

一切相安無事到千惠表姊拿得文憑，家族等待千惠就算不是載譽歸來，至少一雪前恥。大舅帶領包括叔公姊夫阿姨嬸嬸姑婆堂表姊妹等等一夥家族成員，包一部遊覽車大陣仗遠赴台北松山機場接機。飛機平安落地，偕同千惠表姊同機回來的，還有所謂「在日本的台灣人（應是台灣留學生）」，而這個人不是別人——

是武雄。

接機場面如何有不同版本，回鹿城後大舅至此嚴令家中不准任何人再提「千惠」兩字，他該是始終不願承認，這從小最鍾愛的女兒會如此背叛他。

傳言指出，武雄為獲取與千惠在一起，用盡他歷年作導遊所有關係，在那個年代算是極其艱難的以聘顧身分到日本，不惜在餐館洗盤子、作黑工，就近守著千惠。而千惠表姊也不負武雄所望，獨自一人在日本等所愛的人一年多，對眾多因她的美貌而來的條件良好追求者，全然不為所動。

大舅被認為「失算」，送千惠遠赴日本雖然展現了他處理事情的實力，但天高皇帝遠，也讓武雄有機可乘。

而鬥不過一個小輩「導遊」，尤其讓他顏面盡失。

不要說家族中、整個鹿城也沒料到，一個小小導遊，會能有能力、有機會作到等同於大舅方能作到的。讓鹿城幾個大家族疑懼的是：大舅當年在日本讀書、家族在日本還有產業、往後因生意來往經營日本關係數十年，一個小輩「導遊」居然能讓它「破功」?!

這是什麼「時代」？

3

回到台灣後得不到父親、整個家族的諒解，千惠表姊孤伶伶的在法院公證結婚。連王齊芳都礙於家族的阻力，無從去參加婚禮。

兩人再次見面是多年後王齊芳自美國回來。千惠表姊未曾有孩子仍美麗依舊，武雄也還喚她「千惠小姐」。「千惠小姐」簡直是千惠公主，武雄那樣的憐惜、疼愛、寵信，他的眼光始終跟著她，好似生怕一個不小心，他寶貝的「千惠小姐」在眨眼的下瞬間一個閃失會消逝不見。

然仍有一部分的她哀愁而不快樂，便是這樣一份若有若無的缺憾，使「千惠小姐」

始終有著降貴紆尊的氣勢，讓從小無父無母、祖母養豬、只有高中畢業作導遊的武雄，不能不感到在這場婚姻中愧對於她。而她更十分懂得利用這種情勢，在在都達到了王齊芳稱的「在愛與虧欠中的恐怖平衡」。

王齊芳當時不知怎的一直憂心，這恐怖平衡只消一方失衡，雙方面付出的，都會是以生命作代價。

這樣的愛，生命又算什麼！

王齊芳不能確定的只是表姊仍矇矇矓矓的不願看清外面的世界，還是她終歸有了較多的現實感——

可以哀愁得如此恰到好處的美麗。

較大的改變是台灣終於開放觀光，作導遊的武雄眼光敏銳的與友人合資介入一家原有牌照的公司，經營起了旅行社。

王齊芳仍不能全然理解千惠表姊的鍾情。

「我不是一直告訴妳，他是一個導遊，天生的導遊。」千惠表姊只一貫安靜的說。

「導遊有什麼好迷人的？」王齊芳心直口快的問。

「現代的導遊就像航海時代的水手，過去他們在海上漂泊，到港口尋找慰藉；現在他們在世界各地旅行，在各個機場進出，同樣停留尋覓。」

「他們天生的、命定的要漂泊。」

千惠表姊堅定的重複，眼神中有著癡迷。

那真是個開始對外面世界可以無盡嚮往的時代。開放觀光使得以往只能靠著文字、圖片神遊的世界變得可以親臨，那種「到此一遊過」的現場感，成了一段時間，而且是相當的一段時間，島嶼人們最足以誇耀的大事。

王齊芳發現，長年大量的國外旅行，顯然培養了武雄不同的視野，良好的英、日語文能力讓他通行無阻，能直接參與。一般人甚且所謂專家，都難以作到一年可以有數次同臨許多國家、一再造訪某個地理上的區塊。不斷的重臨產生的比較，等同於讓武雄眼目所見的看到了世界正發生的變化。過人的記憶力讓他大量旅行中得來的見聞累積成為知識，加上特殊的聰敏，他所到過的地方盡成為他的資產，在他本就極擅長的言詞中作了最好的表現。

武雄仍戴那條小拇指粗的純金項鍊，可是他不再是多年前那個穿白色喇叭褲配淡粉紅色襯衫的流氣導遊。

這個經營旅遊業的經理，利用了島嶼由外貿開始賺進的大量財富與開放觀光的機會，眼光獨到的設計推出一套又一套贏得台灣人喜好的行程，帶領著島嶼人們經由「他」的方式去看外面的世界——

那早期的歐洲旅行團，一趟走下來動輒一個多月，到過的國家至少十幾個。當一般受薪階級的薪水六、七千塊時，一趟三十五天的歐洲團可要價十七、八萬。這誇耀的金錢、天數與國家，代表的是怎樣能「到此一遊」的征服、要一次去足的野心，贏得了急欲跨出去的台灣人的心。

他是少數開始喝西方葡萄酒的著名台灣人士。這習慣原只有「喝過洋墨水」、屬於某個社會階層的人方會懂的。武雄從其時尚少有匹敵的法國葡萄酒開始，以他過人的記憶熟記波爾多、勃根地的酒廠、葡萄、泥土、年分，未真正品嚐到美酒前心中便有一份葡萄酒的說明。

經驗法則對即便全然陌生的西方葡萄酒也能奏效，只消一開始能克服那「Dry」的單寧，武雄在逐步學習喝葡萄酒的過程中，以學來的知識先累積了經驗，再以經驗累積了品味，成為「懂」葡萄酒的人。在早期台灣的葡萄酒界中，頗有名氣。

其時島嶼方在脫離自製的國產酒：黃酒、紹興酒、金門高粱等，開始要大量喝法國進口的「干邑」白蘭地。被冠上「經濟奇蹟」的島嶼，將「干邑」陳年白蘭地用來大口「乾杯」，還一度被世界性的媒體嘲弄／報導。

更不用講多年後，白蘭地風潮不再，島嶼開始一波全民葡萄酒熱潮。然絕大多數人畢竟無法習慣「Dry」的單寧（島嶼自釀的葡萄酒甜度到達飯後甜酒），人們便將蕃茄汁、酸梅加入葡萄酒，並宣稱有「進補」的效用：

這短短十幾年經濟暴發的島嶼，人們似乎仍不能忘記不富足、飢餓恐懼的過去，「食補」強身健體的想法根植民心。補，一切都需要補，連葡萄酒都被用來「進補」。

武雄那些認真學習來的從名品、美酒美食、頂級旅館到文化藝術活動，讓他得以在這些有錢要追求「品味」的客戶中有了標杆作用。有一段時間旅遊界還有此名言：

「品味旅行？找武雄。」

王齊芳終能理解表姊何以會如此情有獨鍾。

持續不斷旅行的武雄會不在，等待的千惠表姊繼續她在東京的「新娘學校」所學，花道、茶道、設計、剪裁都更精益求精，而很快的，朋友們發現她作的甜點，不管中式、西式、日式，遠贏過一般專業的師傅。

王齊芳便老愛笑她不愧是「十美堂」的小姐，真正是家學淵源。而且遺傳的恐怕是她的前清高祖、高高祖那一代，還自己作「糕仔」的時代。

隨著時日過去，作母親的畢竟疼愛女兒，也會偷偷上台北來看千惠。老式的母親擔心的是武雄因心思要有子嗣傳家，在外面另找女人、生育。

「武雄會想要兒子？」

千惠表姊極難得的縱聲大笑。

「武雄一定只會回到我身邊。」她安靜的接說。

在那片刻，王齊芳不知怎的竟感到，武雄如在外繼續與其他女人在一起，為著的該也是與表姊之間「恐怖的愛與虧欠中」另一端的平衡吧！

「武雄一定會回來，武雄只有回來。我等著他回來，就如同那些守在港口的女人等航行的水手回來。」她有著絕然的自信。

不用依著直覺，王齊芳也知曉，「千惠小姐」絕對、只能是那個唯一。在這場唐山來的算命師傅口中「雙方都是回來討債的孽緣」中，武雄對「千惠小姐」那樣的愛，或真是前輩子相欠債，這世人來還報。

可是「千惠小姐」要還報的是什麼呢?

終有一天,而且是很快的有一天,武雄沒有回來,連他的軀體也沒有回來。武雄並非到哪個機場、為哪個女人停留,武雄死於一次空難,千惠表姊遠赴異鄉,帶回來僅是大火燒後的一握黑色泥土,連骨灰都沒有。

武雄死的還不是大型客機動輒兩、三百人死亡、報紙電視會競相報導的空難,只是觀光景點上載滿油料的小飛機墜毀引發大火,尤其失事地點在深山叢林引起火燒山,最後現場連遺物都不存全燒得精光。

這樣的空難,加上之後的傳言,便相當不堪。事實上帶團的武雄,並沒有必要陪同客人搭這類自費的小飛機。團體回台後,也言之鑿鑿同機死的那名女客人,與他關係匪淺。

然很奇特的,即便發生這樣的事,王齊芳仍願意相信,沒有任何女人,就算是帶團的武雄到了地中海,必然說過許多遍給他的團員們聽的關於那能發動千艘船海戰的海倫,也比不上他心目中的「千惠小姐」。

在那一趟相對於他一生豐富的旅行資歷全然不能比擬的台灣環島之旅,在遇到千惠表姊後,他的心就只屬於她。

千惠表姊顯然深知這一點,誠如她一向所言,武雄雖不是個過往的水手,是個現今在世界各個機場出沒的導遊,漂泊中無以安定。這些旅遊中發生的關係,如同水手們暫時停靠的港口，都只是短暫的過客、過往雲煙。

她塑造了自己作為「那」等待的女人，只等待的不再是過往漂泊於港口的水手，而是飛行於機場間的旅行者。

千百年來女人同樣宿命的等待？然之於千惠表姊（應該還有其他女人），武雄夥同另個女人的墜機死亡，雖然只佔報紙小小的篇幅，卻等同於用一種公開的方式，羞辱了這等待，及等待的女人——這是過往等待漂泊於港口的水手的女人不會面臨的，在那個資訊、媒體尚不發達的時代。

千惠表姊葬了那一把泥土，武雄果真一定、只會，回到她身邊，即便用的是這樣的方式。

奶茶

1

武雄死後，王齊芳感到千惠表姊突然變了個人，家族對她的「適度」哀傷感到不安，雖然自此千惠表姊永遠一身黑衣。一開始她還偏好那日式有著重重花邊飾物的衣物，逐漸的，她穿起西方的名牌，簡單的剪裁與線條，只永遠是黑色。

大舅親自北上接回千惠表姊，父女兩人自那場戲劇化的松山機場接機後方再次見面，其間相隔十幾年。

家族感嘆畢竟薑是老的辣，作父親的果真預見了兩人難以幸福的結局，而整個家族也因著武雄的背叛與墜機，方感到扳回當時極力反對的顏面。

回到鹿城，千惠表姊安靜的投身入「十美堂」。初期或只是作糕點打發時間，很快的，千惠表姊作的「藝術蛋糕」——有種種裝飾、不同造型的各式結婚、生日蛋糕，不僅在鹿城聞名一時，連鄰近中部大小城鎮，都有人前來或明或暗「學習」。家族稱讚大舅多年前送表姊去東京讀「新娘學校」的遠見。

較大舅在「日本時代」到東京只知道要學回作麵包的技術，父女兩代相隔三十幾年後，千惠表姊學到的已不只是作「紅豆麵包」，開發「克林姆」這樣簡單的甜品，而是複雜考究變化多端的各式糕點。

千惠表姊最膾炙人口的是她作的結婚蛋糕。這個永遠一身黑衣的美麗的女人作的結婚蛋糕，編織進層層蛋糕多彩、華麗、夢幻至極的花朵彩飾裡，是多少血淚交織的愛。

人們開始回憶她過往為愛的執迷與付出，老式鹿城原會當她是「黑寡婦」，然在新一代電視普及「哈日」開始萌發時，卻成為既酷且炫的愛情祭師。她對愛無與倫比的執著與投入，是不是成為一種念力化作了對他人的祝福？使出自她手中裝飾的結婚蛋糕有這樣美麗動人的靈力，讓新人在這蛋糕前觸電般，許下真正「永恆」的承諾，並將奉行不渝。

啊！如果不是對愛最羅曼蒂克的憧憬，怎會調配得出那樣的粉紅色，輕如朝霞層次變化宛若雲霓虹彩；怎能以象徵完滿的糖、奶油塑出那有若聞得到花香的玫瑰，搭配的百合聖潔若處子初戀。

千惠小姐堅守原則，整個結婚蛋糕的製作過程中一切不假手他人。連立於層層蛋糕頂端的一對新人，千惠小姐不惜用最昂貴的義大利絲綢、法國蕾絲為新娘人偶縫製如公主般大篷裙的新娘禮服。

（王子與公主婚禮後從此過著幸福美滿的生活！）

「十美堂」從日本時代就留下來、也是看著千惠小姐長大的老員工，含帶著淚花以輕軟的日語絮絮的說：

「那股投入與專注，好似作自己的結婚蛋糕一樣呢！」

隨著島嶼繼續勃發的經濟，付得起昂貴價格的新人們（通常是新娘），半年甚且一年前即排隊等候那據稱能帶來「永恆的愛」的結婚蛋糕。

如同「十美堂」店名的老招牌，已然垂垂老去的生意，也因而逐漸好轉。

然千惠表姊要的顯然不只這些，她提出了不同的經營看法。

其時大舅已年歲不小，對這樣重大的改變十分忐忑不安。千惠表姊則安靜、堅定的拿出武雄留下的大筆金錢——武雄為示愛所有財產俱在妻子名下，以旅行為業更投保了各式鉅額保險，加上飛機出事的理賠，千惠表姊其時的財富，已遠遠超過父親。

沒有人分辨得出千惠表姊是在東京讀書的時候，學到日本的創意產業經驗有了如此遠見，還是她只剛好碰對了潮流趨勢。抑或她仍矇矇矓矓的不曾真正看清外面的世界，只是基於她對事情（一如她的愛情與婚姻）的執迷，她投下不小的資金將「十美堂」作了重大的改變。

先是將「十美堂」百年老店的店面重新裝潢。其時島嶼在「蔣家政權」父子兩代政治強人過去，逐漸興起的沿革下，吹起的一股本土風潮已可見端倪。千惠表姊大力重用一名新近自英國留學回來的建築碩士遠房親戚，維持住了「十美堂」百年老店的基本門面，但將門、窗改為大片的玻璃、電動門，一掃過往的老舊。

進入內裡，分隔上、下廳的大片雕花格扇窗仍保留，舊式的櫃檯成了懷舊的骨董，讓人發思古之幽情。然新式的燈光照明，將「十美堂」塑造成一個乾淨明亮但具傳統鹿城商家特色的新店。

更重大的變革來自千惠表姊捨棄「十美堂」自日據時代賣的西點，讓重點產品回到最始初在清朝他父祖們所創時的傳統中式糕點食品。

這些綠豆糕、狀元糕、桂花糕、酥餅、鳳梨酥、鳳片糕等等，本來也一直在「十美堂」存有，只是銷售不佳，有一段時間還被認為是老式的過氣食品，除了祭拜或老輩的人，年輕人少再食用。

千惠表姊以在日本「新娘學校」幾年所學，夥同留英碩士，從外觀包裝到口味，俱作了大幅調整，配合新改裝的門面打出「百年老店傳統糕點」的宣傳，果真以其「懷舊」

賣點，打開了口碑。

其時本土風潮正帶來一波島內的觀光旅遊風潮，鹿城因其曾為「台灣第二大城」，遺留下來的古老寺廟、蜿蜒的窄巷、舊日老宅，在在成為觀光重點。

來觀光的人為「十美堂」新穎明亮又懷帶舊日氛圍的特色吸引，這舊式新裝的糕點成了時髦的最佳伴手禮，幾乎人手數盒的提帶回去。家族成員現在會看到許多導遊「武雄」們，帶著一整車的人從遊覽車下來，而過往人人皆說不可的「武雄」們，帶著團體到哪家店，關係到店家的存活。

「十美堂」仰賴導遊「武雄」們，業績蒸蒸日上。而「十美堂」得風氣之先的成功改造，引領了鹿城一波老店新裝，將鹿城推向一個觀光化的城鎮。

千惠小姐成了逐漸老化且不再富裕的家族的新救星，在鹿城小鎮上不易找到工作的子姪輩，紛紛投入「十美堂」。

過程中千惠小姐也不見得不曾受到挫折，一開始是她在日本就讀「新娘學校」學的一套繁富包裝、優雅考究的美感，很快的即被發現不敷成本效益。來鹿城觀光的絕大多數人，對「品味」並無特殊要求，走日本「和果子」包裝路線雖精緻美麗，但昂貴的價格也使多數人卻步。

眼看著千惠小姐會不計成本強行推展她一向要求的這極致美感，大舅出面強力干涉。畢竟曾是人們口中的「了尾仔」，大舅一定知曉女兒對品味的耽溺，只有提出的取代方案讓千惠小姐將心思放到其他事項，方不會再堅持。

大舅鼓勵女兒在舊有的「十美堂」成品上研發新的產品，千惠小姐果真去挑戰那眾所皆知「不可能任務」的麻糬。

糯米作成的麻糬以其軟膩肥滿又能帶Q黏的口感，那種在嘴內舌間翻嚼的飽滿的纏綿，是米食，特別是帶黏性的糯米才能有、也因而無從取代的慰安。

王齊芳深切記得童小時與千惠表姊最愛追逐一個叫「月亮臉的」賣麻糬小販。以手推車推著一鍋咕咕冒泡的滾燙濃稠糖汁，餵養著一個又一個白又肥茶杯口大的扁圓麻糬。說定要幾只，「月亮臉的」從熱糖汁撈起煮的麻糬，在花生或芝麻粉裡一滾便成。

糖汁的濃甜、麻糬的Q軟、花生或芝麻的香。這童小的甜品，成了完整的滿足、快樂與慰安的極致美好記憶。

然千惠小姐很快看到像麻糬這樣的產品，得趁熱吃又帶湯帶汁，無法包裝帶走，除非現作現賣，否則不僅不易較長時間保存，也難以量化推展。

試過幾回後不得不放棄。

她要的是同樣能結合「十美堂」傳統糕點，但又能走出鹿城的新式產品。無數次的試作後，千惠小姐終能將「十美堂」原有酥餅裡的油、糖降低，並成功的結合日式餅乾口味，創出果真能機器化量產、方便攜帶的新產品，並以結婚喜餅的方式包裝成禮盒推出。

千惠小姐將這新式餅乾喜餅取名「一見鍾情」，一償宿願的繁富包裝成極盡優雅考究浪漫唯美。

對結婚喜餅，人們通常不太在乎花費。

大舅聽從家族年輕小輩的建議，找來知名的偶像歌手代言，「一見鍾情」延續千惠小姐成功的結婚「藝術蛋糕」，由於餅乾類易於儲存運送，透過廣告包裝，風靡的更是整個島嶼。

千惠表姊將「十美堂」帶入鼎盛時期，躍居成為全國知名的餅家，不再只是鹿城逐漸沒落的百年老店。

工作、生活俱在台北的王齊芳，隔段時間回鹿城，看到生意不斷蒸蒸日上的「十美堂」，以及，總是不變永遠美麗依然的千惠表姊，不免戲稱她是那島嶼炎熱的夏天裡一碗冰鎮的愛玉、仙草，凝止在時間裡，即便拿出冰箱後一段時間，結成凍的愛玉、仙草都還尚不會分解，仍具有彈性水嫩QQ的凝晶瑩透。

卻也讓王齊芳深感訝異的是，千惠表姊不知何時嗜吃起辣椒，而且是最辣的新鮮辣椒。當然間或也在新鮮辣椒斷貨時以辣椒醬取代，然千惠表姊不像一般嗜辣的人吃麻辣火鍋。她吃的永遠只是新鮮辣椒，不管是小而極辣的「朝天椒」，晚近才移栽來有爆炸效果的「紅色殺手」、「白色子彈」……

從小耳濡目染大舅的偏食，千惠表姊一向飲食清淡，絕非那類「重口味」的人。尤其因家族在「日本時代」是為日式國語家庭，及在日本就讀多年，除了生冷食物不忌，更養成對細緻品味的要求。千惠表姊喜好頂級食物的原味，一向並不愛太多的調料沾醬。

卻獨嗜吃新鮮辣椒幾近癡迷，即便辣椒如此霸道，以其霸味，誅殺它類，奪去所有異己。

兩人一起長大，王齊芳可以明白，千惠表姊一定是迷陷於辛辣給予的強烈刺激，那該是極致的快感與苦、甚且是痛，方願意讓出味蕾讓辣椒去獨佔。

高度獨佔的味道背後，應是一種絕對的耽溺吧！

而隱身幕後的千惠小姐，持續專注全然投入的嘗試製作各式甜品，她經常三更半夜不知是一覺醒來或深夜不能入眠，一身黑衣在「十美堂」裡四處遊走，手裡拿著串串鮮紅似火的新鮮辣椒，據說仍不停小口小口優雅的以一口潔白貝齒咔嚓咔嚓嚼咬。

嚇壞了新來的員工。

「還果真是看不清外面的世界呢！」家族這樣擔待的說他們的「千惠小姐」。

那一起合作多年的建築碩士，便一語道破的這樣說：

「千惠小姐一直在作夢呢！可她給的，不就是個夢想，旁人通常不敢堅持的夢。」

而家族都相信睜著那朦朧似霧的美麗長睫大眼睛的「千惠小姐」，帶來家族幸福與好運。

至此「十美堂」一切俱上軌道。誠為鹿城人們所說：

「只要一點糖、米和麵粉，畫個大餅在空中，就有大把鈔票進來，天下沒有比這更好賺的。」

大舅年歲漸高，幾個兒子雖不出色，但接續日常事務性的工作也足足有餘，一大家人包括投入「十美堂」的家族成員，平順的過了幾年太平盛世的日子，直到大舅過世。

2

大舅過世後，千惠表姊也淡出「十美堂」的經營。然她不像嫁出去的姊姊們依那時代一般要求得拋棄繼承權，仍保有這她一手振興的「十美堂」的大量股權，加上武雄原留下在她名下的財產，千惠表姊的資產遠超過日趨沒落的鹿城士紳們。

大舅的過世好似卻除去了千惠表姊最後的依託，守喪完之後她接受親友的建議外出旅行散心，然後，極為突然的，她密集的開始旅行。

她參加觀光團，各式各樣的觀光團，從鄰近的東南亞、東北亞，較遠的北美洲，到長時間的歐洲、中南美洲。她幾乎從來不選擇地點，只在乎是否去過，當然，昂貴的豪華團方是她的首選。

永遠一身名牌黑衣，連頂級名牌旅行箱也是黑色，坐頭等艙、商務艙（如果航班沒有頭等艙），參加團體要求住單獨套房，一開始，人們背後喚她「黑寡婦」，然她那看不出年齡的神祕美麗，纖細與脆弱，來自鹿城古老家族「十美堂」的背景，為她贏得「黑玫瑰」的名聲。

千惠表姊突如其來如此密集的旅行，引起家族的不安與議論。這回不似二、三十年前千惠表姊愛上導遊武雄，家族成員都有話要說，千惠表姊振興「十美堂」，給了日趨沒落的大家族新一代子弟工作賺錢機會，早非當時方高中畢業的小女孩，於今挾著龐大的財產，她儼然成為家族的中心，大舅過世後，一切俱是她說了算數。

私下的議論自然還是有的，一開始人們認為她是想念她死去的丈夫，為追隨武雄的步履方行過這世上種種地方。可是當她走過較武雄更多的國家時，人們紛紛表示，這當中一定有蹊蹺之處。

而愛情成了最可疑的可能選項。

所有的人都在問：

「發生了什麼事？」

（人們都記得她是在一次環島旅行愛上當導遊的武雄。）

那五星、六星旅館的酒吧間，明明看到一身黑衣的千惠小姐，安靜的獨坐聆聽樂器演奏，華麗的小提琴與鋼琴，或低沉的歌手唱著熟悉的情歌。

伴隨著一定是一瓶頂級香檳。

一開始千惠小姐涉獵香檳，原只是搭配她的「一見鍾情」喜餅禮盒，好營造奢華的浪漫歡慶氛圍。

很快的千惠小姐留意到那常含帶更多花香、果香的粉紅香檳，不似一般酒的氣息，反倒一如香精、香水。更甚的，還是能喝的香水。而像陽光般金黃色有如生命湧泉不斷上升的細密氣泡，在騷動的水體裡投影的，該是湧自體內最細膩、細緻的慾望。

怎樣令人愉悅的激動。

卻如果那氣泡有若自天使口唇中吹出，方輕盈如山林間精靈，輕巧、靈敏、細緻，它也像世上所有美好的一切一樣：

易碎。

碎在唇舌之間一如灑落滿天的星星，撞擊、暴動、搖盪、挑起最深切的味蕾感官，呼應勾起可是自體內湧現的愛慾。再等待著一張最纖敏的唇舌嘴去觸探、包覆、去吞嚥。

（她吞下的可又是她自己?!）

便是這最極致的美與脆弱，讓千惠小姐迷醉陷溺。很快的捨棄武雄仍在時喝的葡萄酒，只喝香檳。從一開始能買到的所費不貲的年分香檳，到即便高價也不一定能尋獲的老香檳。

王齊芳看著千惠表姊著迷的從酒商、拍賣、私人收藏處蒐集那極其昂貴的老香檳，年分甚至遠自上個世紀初。由於開始收藏得早，她手中甚且握有過藏家眼中的極致珍品，然千惠表姊一樣開了喝掉它。

她原就有的大筆財富加上「十美堂」的獲利，支持她這真正奢華的喜愛。

王齊芳會看到千惠表姊熟練的開啟那至少沉睡五、六十年以上的老香檳，緩緩倒入高腳香檳杯裡通常是色深而沉的酒液，明顯歷經滄桑的絕代風華美色。而一經離開束縛的瓶子，體液中有了舒緩的脈息在其中騷動，逐漸的、好似藉著開始呼吸到四周湧入的空氣，那香檳在水體裡甦醒，一呼一吸間有了生命，真如同人在水中呼息帶出串串氣泡。

來自生命口唇的氣泡，極其珍貴的、舒緩的湧現、串串上升，那樣少有、更見細緻、那般優美，在在都是生息呼氣的最後的一瞥，碎了、不見了每個、每串氣泡，都是一種令人屏息以待的驚心。

千惠表姊倒香檳的手輕顫、嘆為觀止深深凝視，而有淚影盈上她那雙原就如夢似幻的美眸，如蒙上一層薄霧，淒絕美絕。

然後，隨著輕口啜吮，那甦醒了的香檳引帶更沉的沉醉，潮紅、煥發的豔色來到了千惠表姊的臉面。

沒有太多機會接觸老酒，王齊芳偶陪著表姊喝老香檳，都無法不感受到那酒老了其中有著一種絕對的抵死纏綿，盡其一切卻又極其深沉的糾纏，足以沒頂的魅惑。

生命中還來得及的最後一次。

（總有最後一次?!）

王齊芳聽著輕啜香檳的千惠表姊，談說著怎樣從Crug的一九九〇年分香檳，看到它四十年陳年後，有機會能成為G. H. Mumm & Co. 1961 Cordon Rouge老香檳。有若千惠表姊真能具有穿越時空的能力，在從一九六一至今的近五十年，再從一九九〇年從今而後的五十年，在近百年的時間中穿梭來回。

然後千惠表姊還要意猶未盡的開一瓶 Clos Vougeot 一九五九年的紅酒，指稱在喝了 1961 Cordon Rouge 的老香檳後，只有它能不至被奪味，壓得過那老香檳。

（她騎的可是掃帚。

那沉睡在荊棘與玫瑰包圍城堡裡的公主，必然要沉睡一百年。

在這一百年間，騎掃帚的巫婆滿天飛馳。

會不會巫婆與公主，事實上是替代的出現，達到了那生命與青春的永恆！）

王齊芳瞭解到千惠表姊對老香檳、老酒的迷戀。那是對時間的掌控，馳騁在時間裡的絕然快感。

不用以自己的年歲去換算，王齊芳也知曉年齡對像千惠表姊這樣美麗的女人的致命。儘管再怎樣以為千惠表姊是炎熱的夏天裡一碗冰鎮的愛玉、仙草，凝止在時間裡，仍具有彈性水嫩QQ的凝晶瑩透，千惠表姊畢竟不可能青春永久。

千惠表姊或是藉著那酒，從年輕新釀的酒到可以長達半個、一個世紀陳釀的老酒，在新酒、老酒可以同時共飲的時間點裡，去找到一種時間的零和遊戲、另外一種駕御時間的能量？

是的，只有老香檳，它可以有極其脆弱的、開瓶後幾個小時即褪盡的香味，眼目所及、繁華立即消失氣泡，以及，很快的散失的變化。然另一方面，打開後儲存於低溫中，氣泡散盡變化改變，它又可能成為絕佳白酒，久久不衰。

年紀，特別是對女人，與芳香，是否都是這種最後稍縱即逝的美好？然一如那老香檳可以變身頂級白酒，千惠表姊是不是也從中克服了逐漸老去的年華恐慌，得到新的鼓舞？

那老香檳是不是因而一如青春之泉，永恆存有！

（她是不是找到了屬於自己駕御時間的能量，過此後，還有什麼是她不能的？）

而執迷、只喝香檳的千惠小姐，旅途中甚且於這些五星、六星旅館的酒吧間，有時候都還得到窖藏裡才找得到千惠小姐要的香檳。

全飯店酒吧的客人都注意到這美麗憂傷的黑衣女人，她尊貴一如微服的公主，還是那神祕的東方最具遐思的異國情調。不是有人過來搭訕嗎？作生意的大老闆、商務旅行的部門主管，具有著因豪富、因專業而來的領導階級的從容自信得體。

人們以為，這樣的偶遇該會符合千惠小姐旅行豔遇的標準。

之於千惠小姐，難道真不會有愛意產生？

王齊芳與千惠表姊共同旅行過幾回後，終開始相信：會不會有「愛情」，以這樣獨特的方式在旅行中存有，也於旅行結束後結束。

是的，如果長時且大量的旅行，身心俱與原來自的家園環境切隔，一種絕然的抽離中，於電光石火的剎那，果真有一雙眼睛，一副頎長的身影、一抹微笑，先是展現了無限的愛意，再由此吸引了千惠表姊。

千惠表姊會在對方迷惑於她的美貌與神祕，幾許不自覺中藉著自己不經心的一次臉紅心跳，一次回眸凝視，事實上設下了更大的情愛陷阱，讓對方真正的身陷其中不能自拔。

不是不曾動心，反倒是千惠表姊鼓勵、促使自己動心。她要這些感動，那樣心動神馳的愛意勃發，那樣不可遏抑的思存念想，促使她整個人有如重新活過來一般。玫瑰的笑靨回到她的臉頰，而漆黑的眸子閃耀如遠空最耀亮的星星。

在這些時候，千惠表姊事實上處在一個幾近全然封閉的狀態。王齊芳終能瞭解到，始自年輕睜著一雙「如夢似幻」迷霧般的大眼睛，「如夢」「如霧」極可能相關的不只是美麗，而是一種深心的陷落——陷落於自身中，永遠只有那自己，方不能全然看清外在。

於今，她更讓自己陷落於自己的愛情，一次又一次的愛戀中。各式各樣旅程中新近認識的男人，生張熟魏，不論是誰、來自的背景，無需顧及身家性命，只要那男人讓她動心。

她要、甚且鼓勵著那樣的動心，她動心的不必為「一個」男人，她肢解開他們來愛，可以只為一雙眼眸一抹微笑一副頎長的身影一雙纖長的手、一個眼神一句話詞一個動作，在瞬時剎那她方果真能深心癡迷愛慾無限。

她清楚她絕對不要的是一個完整的男人，她愛戀著的可以只是男人這肢解的部分，只有單一的某部分。因著她知道，她一向知道，集合起來「一個」真正的男人，沒有任何男人可以讓她愛上。

（善作甜品的她，永遠知曉一個好的甜品絕對是從穀物，麵粉、糯米作的基底；混合奶油、橄欖油、豬油；結合不管是巧克力、水果、芝麻、紅豆。在酸與甜、苦與甘、粗與滑、膩與淡……之間，取得最微妙的結合。

而吃時則每一口都吃到每一種成分。方能全然享受到箇中美味?!）

王齊芳便會於旅途中看到千惠表姊好似換個人似的，吃。或者，「吃」還不足的形容她吃的模樣。

千惠小姐在大庭廣眾前不顧禮儀的吃掉一樣又一樣的主菜、任自助餐的餐盤上堆滿食物、早餐吃掉雙份美式早餐？啊！當然不，這怎會是千惠小姐的作風。千惠小姐維持一貫的優雅與尊貴，有著最得體的餐桌規矩，如同公主般的永遠讓侍者彎下腰來同她說話，不會輕易的抬起她的長睫大眼睛。永遠適量適時的享用即便是最頂級的美食。

沒錯，她是沿路一直在買各式甜食，但大夥都耳聞她與「十美堂」的關係，千惠小姐把握任何機會品嚐各種甜食，好從中研究學習。同團的人還好跟著她買各地甜食、蜜餞、巧克力，經由千惠小姐的慧眼挑選，常是店裡最佳的代表名點。

人們稱讚她對自身專業領域的認真與執著呢！

千惠小姐從不在人前嚐這些甜食，夜裡獨坐在她套房的接待客廳沙發上，王齊芳便會看到千惠表姊好整以暇小口小口優雅但持續不斷的吃著所有桌上滿擺的甜食。旅途中的倦累王齊芳常早早就睡去，一覺醒來慣有的不知道身在何處，卻看到千惠表姊一身黑色絲綢睡衣仍坐在一桌各式甜點前。迷離錯置中有幾回王齊芳嚇得驚呼出聲。

而表姊不知是否曾入睡，還是她整個大半夜一直坐在那小口小口優雅的吃著甜食。隔天這些甜食全不見蹤影，不知是丟掉還是全數吃完？

在歐、美，在有美食匯聚的所在，她會吃下像「蒙布朗」，秋天還有最綿密細軟的層層疊疊的栗子醬，上撒白色的糖霜是蒙布朗峰上的積雪。「慕斯」更會用上各種當令的水果，聖誕節期間水果之后草莓是首選，為了增添原有風味，慕斯會添加10%的草莓利口酒。至於撐起基座的底層，除了蛋糕更用上杏仁蛋白餅呢！

「海綿蛋糕」可以是沾洋焦糖烤的「杏仁海綿蛋糕」，層次之間再加上果凍夾心，不管是草莓、香蕉、百香果、紅蕃石榴，或者藍莓、覆盆子等等各式莓類，果凍還特別加入黑胡椒粒提味，便成各式果凍海綿蛋糕。

酒，特別像干邑白蘭地，像山林橡木香味的干邑白蘭地，可用來將洋梨等煎至入味，成為派、塔最佳的餡料。

旅遊的景點不見得都在大都市，千惠小姐買到的便會是小城小鎮仍甜到令人頭疼的甜食。各式各樣的派、各種口味的塔、鬆餅、蛋糕、慕斯、果凍、奶酪、冰淇淋……大量的糖霜、奶油，果醬、醬汁……一坨又一坨堆疊成可以溺死人的甜潮，鋪天蓋地的甜漿浸漬進遍嘴滿臉，令人毛骨悚然、卻又堵塞住毛細孔所有的出路，甚至蒙住整個呼吸。起雞皮疙瘩的黏、濃，全身遍體俱是黏膩甜味……

甜。

甜。

還是甜，令人頭疼的甜。

要不然千惠表姊還會打開她的名牌行李箱，頭等艙、商務艙接納的更重的行李，為著的是一整箱令王齊芳都難以置信的甜食：從認得出來的世界頂級品牌，到只裝在無商標瓶罐裡顯然是她自己作的甜品。這些大量、尚密封的瓶瓶罐罐，出現在深夜的五星、六星旅館套房裡，錯置不合時宜而至看來極為詭異。

（裡面裝的是什麼？那瓶深紅凝血濃稠的，果真只是果醬？）

千惠表姊以她一貫優雅與尊貴的吃相，小口小口的吃，安靜、持續的整晚不停的吃……

幾近乎永不飽足的吃著甜食彷若她的身體裡有個洞，源源不絕的甜食一直不曾間斷的流進去，俱都有去無回（怎麼就不見了），永難填滿永不會饜足。

（她會不會怕沿路買不到絕對辛辣的辣椒醬，還將自製的辣椒醬帶出門？便如果是那已甜到令人頭疼的甜食，還搭配她自製的辣椒醬？抹、淋在各式派、塔、鬆餅、蛋糕、慕斯、果凍、奶酪、冰淇淋上的，不是一坨又一坨大量的果醬、醬汁，而是同樣可以陷溺死人、心跳呼吸暫時停止的辣椒醬？

啊！那會是怎樣不可想像、無法言喻的光景？）

外面的燈光逐一隱去，旅館中全然不具家氛圍總是顯得荒寒寂寥的夜，愈來愈深。

便來到這一切的高潮。旅行，不管是多麼長天時的旅行，總要結束，而在這終點來之時，千惠表姊也終止掉她所有的心動。

從來只有若有似無的情意，從來甚且不曾開口，更不用講許諾，旅行結束後的千惠小姐必然也會消失無影無蹤。徒留下傳言中傷心欲絕的男人們，與傳說中旅遊圈流傳的似是而非故事。

她要這些動心作什麼？王齊芳發現，這心動並非如此情不自禁，而無寧只是一種自我催情的回應。千惠表姊絕對不要的是一場彼此雙方真正互相回應的愛戀，她要的或只是於奉行那小說中大量描寫的旅行中的浪漫「愛情」——羅曼蒂克至極偶遇、豔遇——只有這樣的愛情美如煙火繁花璀璨至極無以比擬。

最重要的是，這樣的愛情通常隨旅程結束後有了最完美、卻淒美欲絕的終結。

（她是不是應該在那次環島旅行後中止她的愛，好留下最美的追憶，也方不會有接下來的背叛、難堪與怨懟?!）

在千惠表姊不斷的旅行中，每一趟旅行回來，整個人總會整整的胖了一圈。

她原是那種人們稱讚的「細枝骨架」的身材，加上未曾生育長年以來一直維持纖細的身量，那「弱不禁風」「細柳迎風」的古代中國對女人的形容，都可以在千惠表姊身上找到了最好的寫照，也使她如此楚楚可憐。

於今，旅行後胖起來的千惠表姊，明顯增加的肥腴在她的細枝骨架上，並不至造成癡肥臃腫，不再柔弱的纖細，整個人豐腴而豔光四射。

而當肥腴到某個程度，開始過胖，王齊芳又可以明顯看到千惠表姊瘦了下來——所有的女人都知道，這得靠怎樣的意志力。

童小時一起讀過的〈虎姑婆〉來到王齊芳心頭，那虎姑婆用餅乾、糖果引誘笨妹妹阿銀同睡一張床，夜裡咔嚓咔嚓的一根根吃掉妹妹阿銀的指頭。

「吃的是菜脯。」可是虎姑婆說。

王齊芳不知怎的總毛骨悚然的會想到，千惠表姊不是「虎姑婆」，甚且也不是那童話故事裡蓋糖果屋的老巫婆。所有與吃食相關的故事人物，都因嗜吃遭到了處罰。

（孩提時父親為不讓她四處尋到點心再藏在櫥櫃裡吃，在她手腕繫上帶鈴鐺的金鍊子，只消手一動，鈴鐺即叮叮噹噹的響洩露她的形跡。）

啊！不！自身不曾生育的千惠表姊對孩子毫不見興趣，也不會動念頭要去吃掉那招引來太多爭執的孩子們。

她同樣要吃，但要吃掉的會不會更是那糖果屋，她一手作成的糖果屋？而且吃掉後她還具有這樣的能力，能無止無盡的複製、重作，永不匱乏。那糖果屋事實上便一如是她自身，她自己的延伸。

王齊芳深切記得，即便自家賣甜點，童小時千惠表姊仍愛拉著她的手到住家鄰近一條小巷底的「糕仔店」。

上年紀的老夫妻，家門口有一口石磨，石磨被老阿伯拉著轉啊轉，流出濃白的米汁，再放到一口布袋裡，上面用石頭重壓，水分瀝乾後成一塊白米粿。接下來在家後面由阿嬸將白米粿放到蒸籠裡蒸熟，再放入黑糖、冬瓜、桂花、綠豆、紅豆，白米粿就能變成甜、細、綿的糕仔。

童小時王齊芳一直深感神奇的是：將煮過的不管雞、鴨、魚、肉、菜蔬放到嘴裡嚼過，再吐出來不會是新鮮未煮的雞、鴨、魚、肉、菜蔬。只有糕仔，將一塊製成的糕仔在嘴裡嚼過，就又化成一道甜汁液，王齊芳有幾回將它吐出來放在手上：

啊！怎麼又能變回石磨壓出來的濃白米汁?!

（那米食作的甜品何以能具有如此奇特的可能？糕仔哪裡去了？是不是趁機溜到哪裡去玩了！再回來，手上的濃白米汁又變回一塊糕仔？）

她便果真來自「十美堂」，幾百年前她的先祖所建的「糕仔店」，在前清的那個時代，她所作的行業背後原就深藏著這樣神奇的回復的可能。

一如那甜品一向能具有如此安撫、復元的能力?!

如是，她深夜於她獨住的豪華套房裡，唏唏嗦嗦的吃的可是什麼？

她還能永遠不把自己吃胖呢！

即便吃的是那樣大量甜到令人頭疼的甜食。

她不僅能製造自己的糖果屋，還能抗拒得了那虎姑婆、巫婆、易牙等等最後總失敗在吃那「不該吃的」，方十分安全永遠立於不敗之地，不至被推到火裡燒死。

她，她們，自給自足安全的吃，而且在世界上永遠留存。

珍珠奶茶

千惠小姐尚在經營「十美堂」的後期，突如其來的，那當年開放觀光的「蔣家政權」統治者，在繼任遠從中國撤退來台、作了六屆總統的父親的位置，自己也作了四屆總統後，在知曉去日無多的最後統治時日，宣佈了一項在歷史的記載上足以留下一筆的事蹟：

開放海峽兩岸台灣與中國阻隔四十年的往來。

一段時間後，隨著對岸中國經濟力的逐漸崛起，台灣雖有了世人稱道和平轉移的政黨輪替，誕生了民選總統，卻陷入島內永無止盡的政爭，經濟上失去了競爭力。就在「經濟奇蹟」不再，島嶼反倒沉潛的開始發展自身「台客」文化的論述。

也開始了那究竟是誰創造出了「台灣創新甜點第一名」的「珍珠奶茶」的爭論。

那「珍珠奶茶」無疑的是島嶼自創的一項結合台灣與西方的甜品，而且在全台掀起一陣熱賣，蔚為風潮並持續不休，成為日常生活中必需的一項甜食。

「珍珠奶茶」顧名思義會有珍珠又有奶茶，然「珍珠奶茶」裡美麗稱謂的「珍珠」，當然不是真正的珍珠。原是由地瓜粉作成的褐色光溜溜小小圓球，如養珠大小傳統上稱作「粉圓」，嚼來Q又帶勁，口感豐厚，再加入糖水常為一般人所愛。是西式甜品、日式和果子入侵後，鄉下市井一直還吃的甜食。

也不知是誰將這不起眼的傳統「粉圓」放入香濃加糖的西式奶茶裡，再用一管粗大的塑膠吸管吸喝，頓時便連吃食的方式都有了都會時髦的表徵。而只消稍一用力，吸入的是滿滿一口香甜的奶茶與顆顆粉圓，伴隨茶香奶香濃郁香甜口感嚼著Q又帶勁小小粉圓，是那個甜品專家說的：

——滿足佛洛伊德所說全部口腔的慾望。

「珍珠／粉圓」的Q軟，是米食文化裡糯米類豐滿嚼勁的口感更長遠的延伸，結合西式「奶茶」的特性與美感，無疑造就了「珍珠奶茶」東西方甜品融合後無以比擬最高境界。

然像台灣人對開發出的產品缺乏信心，這「珍珠奶茶」雖風靡全島，還靠在台的「阿凸仔」西方外國人最先為文推薦，隨後才登上文化版面受到重視討論，並榮膺「台灣創新甜點第一名」的美名。

至於是誰將黑嚕嚕不起眼的「粉圓」美名為「珍珠」，再加入奶茶裡，究竟是誰首創出「珍珠奶茶」？待「珍珠奶茶」全島嶼終年熱賣並銷到中國、歐美日本，有台灣人在的地方就有它。

便眾人爭執不下了。

而已然被渲染為一頁傳奇的中部甜品業「黑玫瑰」，被認為亦是可能的人選。一般咸信，千惠小姐在得風氣之先重新塑成「十美堂」時，無疑是中部地區最早讓「珍珠奶茶」在「十美堂」登堂入室取得正名身分的第一人。她原要將「珍珠奶茶」與童小時摯愛的「糖汁厤糬」結合一起，亟欲推廣國人回復這東方獨特強調Q黏飽足圓滿口感的喜愛。

至於千惠小姐是否就是那創造出「珍珠奶茶」的那個人，就有同業表示不服了。然千惠小姐不參與這些爭執，在淡出「十美堂」經營後，只繼續不斷她的旅行，不僅到抵較她的導遊丈夫更多的國家，有些國家像厄利垂亞、蒙地內哥羅（黑山共和國）、波士尼亞、維德角，更是武雄生前從來不曾聽聞。

能到抵這許多國家，最基本的還是大環境的改變。先是開放海峽兩岸台灣與中國阻隔四十年的往來，「中華人民共和國」成了可以前往的地方，對持「中華民國」護照的台灣旅行者，自然是一個不可能的任務的達成。接下來，柏林圍牆的倒塌，共產國家的開放，過往限於「中華民國」護照不能申請到的簽證，成了可以實現的夢想。

千惠小姐旅行在這些新近台灣人持「中華民國」護照可到抵的地方，作到了她一輩子以旅行為職志的丈夫生前不曾想到能抵達的所在。

這時候的千惠小姐在旅遊界已經極有名氣，永遠一身名牌黑衣，坐頭等艙、商務艙，參加團體要求住套房的行徑，她那看不出年齡神祕的美麗，纖細與脆弱，在在使

「黑玫瑰」的名聲不脛而走。

「黑玫瑰」繼續旅行，遍去了以往的共產國家後，她開始進入那些過往台灣人認為「鳥不拉屎」的地方。這些位於非洲、大洋洲的小小國家，或因其地理位置離島嶼台灣極為遙遠，或因著貧窮、經濟力薄弱，當中還不乏種族因素，住民為黑人土著，便被爆發經濟起飛的島嶼人民稱為「鳥不拉屎」。

而到抵像諾魯、吉里巴斯、吐瓦魯、薩摩亞這樣的國家，在「中華民國」護照蓋上官方戳印，這時候有了極特殊的意義。

因著一項新的競爭悄悄的在旅遊界展開，圈內人都知道，台灣人終開始有機會到抵全數世界上被聯合國承認的一百九十二個國家，時間只是早晚的問題。

在最後要克服的這些或因戰亂難以成行，或貧窮而落後的所謂「鳥不拉屎」國家，「黑玫瑰」當然不可能住進她要求的套房，簡陋的旅社不僅種種不便，連抽水馬桶都沒有。

（一生養尊處優的「千惠小姐」蹲在野地、沙漠裡如廁？）

還可能遭到跳蚤的襲擊，咬得她那一身白皙的皮膚遍身紅腫；蟑螂、四腳蛇爬過她的名牌衣飾；老鼠嚙咬她的極品真皮皮箱。可是「黑玫瑰」繼續她的旅行，除了一般旅行的風險外，還要冒著感染上致死的傳染病、不小心被毒蛇毒蠍食人魚咬到、被砲彈打中的生命危險。

有五、六個人在競逐這「第一個到遍全世界所有國家的台灣人」頭銜，「黑玫瑰」

不僅是其中之一，且無疑的有相當的機會成為那「第一人」。

競逐的每一個人都有長年的旅行經驗，有閒有錢只是基本條件，誰先達陣除了意志力的貫徹外，也有著幾分運氣與機緣。

在這些被認為高難度的旅行中，「黑玫瑰」仍繼續穿著她的名牌黑衣，連行李箱都是全然黑色的經典形樣繼續旅行。

誰又能說她不會是那「到過全世界的第一個台灣人」。

（然人們仍私下耳語，這個被認為睜著那雙依然「如夢似幻」的長睫大眼睛，被以為一直矇矇矓矓看不清外面的世界的「黑玫瑰」，要這「第一個到遍全世界國家的台灣人」頭銜作什麼？

有人便猜測，她是不是只為證明她較她以旅行為職志的亡夫到過更多的國家？

可是，她還需要這樣的證明嗎？

還能有什麼是她還作不到的。）

轉 Entremets

春膳

假如說王齊芳有一天發現，在她一向十分樂於稱道為無憂的童年裡，在她蹲在父親起的小泥爐旁，等著父親將煮好的第一口湯汁、第一塊肉夾到她捧著等待的飯碗裡。

而她吃下去、喝了的可能是人們稱為的「春膳」——

她不知會如何反應?!

或者在那老家的院子裡，那戰爭期間為躲避「掃射」與炸彈深挖的防空壕，當那被殺的穿山甲、果子狸、伯勞鳥、狗、青蛙、蛇、海鰻與猴子等等的軀塊被切剁成塊時。

她就應該知道，事實上她的童年或不像她一向樂於稱道的那麼無憂。

可是，她還是要問：

那穿山甲、果子狸、伯勞鳥、狗、青蛙、蛇、海鰻與猴子等等，何以必然的、命定的要與「春膳」相關。

那源自中國北方的古老的民族，一直有著「以形補形」的說法並全力去執行。癡呆、腦子不好、不夠聰明、頭痛、記憶衰退……

吃腦吧！

吃的還大半是大型動物——才夠力，最常見的是以這古老民族主要肉食吃豬的習慣，吃豬腦。也吃各式飛禽走獸的腦，到最極致的，據說在唐山，會吃人腦，而且，相信吃活人的腦才有最大功效。

也就是說，從活生生的人身上摘下腦子現吃，而並非取死人的腦。

（遠離那中國唐山大陸上千里，那父親可是真正在島嶼台灣吃過作為奇珍之首的活的猴子腦呢！）

其他心臟不好吃各式動物的心（獅心會是最好）？肺不好吃肺（狼心狗肺如何）？胃不好吃胃（方能心知肚明）？肝不好吃肝（才不至肝腸寸斷）……以此類推。

要能滋陰補陽，自然還是「以形補形」。便要來到腎臟，那「腰子」，而最常見的、男人最怕的：

敗腎。

至於這部分，恐怕不光是「吃腎補腎」。豬腰子，也就是豬腎作成的「麻油腰花」，可是一道人見人愛的名菜，卻沒那麼春意盎然。要吃腎？得是「海狗腎」這樣的東西，據聞吃後的持久力，可讓男人筋疲力盡仍欲洩不能。

要以形補形便得更直接：

吃生殖器，各式動物的睪丸與陰莖，或長得像男人陽物的根莖。

韭菜、蔥、蒜這些有辛辣香味的菜都有刺激性，佛教裡明言出家人不宜，表示能提春性春致。最後連茄子也有輕度助性的效果。

至於睪丸與陰莖，吃睪丸還算是較一般，連女人都被告之吃了養顏美容。雞睪丸尤其容易取得，雖然要匯聚一盤得宰多隻雞，一隻雞才兩顆（小小的雞卻有如此大的睪丸，是因此才雀屏中選稱得上春膳？）。

通常是直接在沸湯裡燙熟，只消輕輕咬破外面一層薄膜，內裡熟了的雞睪丸像細緻的嫩豆腐，只不過十足的羶腥——它原就是精液被煮熟。

再考究些，也為著去掉那羶味，便熬雞高湯來燙雞睪丸，或將雞睪丸在高湯裡慢火煮熟。如此，本來沒什麼滋味的雞睪丸，經高湯的鮮甜煲過進入，能變得更可口。

另外神似睪丸的是將孵出的鴨蛋。

能生吃更好，在鴨蛋上方打開一個洞，小湯匙挖下去，淺淺蛋白裏著將要孵出已成型的鴨胚，挖上來湯匙內會是半截尚卷曲的鴨胚，頭清楚可見，被挖殘了的身軀有的部位還已開始長出嫩毛。那個腥臭，就不是雞睪丸能及於萬分之一了。

不敢吃生的？煮過也可就是功效差些。煮後像剝鴨蛋，蛋殼可順利剝盡，一顆熟鴨蛋但青青黃黃黑黑一坨坨，真是心懷「鬼胎」的不潔，深藏著骯髒至極的罪惡。

都說是春效十足。

王齊芳稍後得知，她童小時吃過的不管是穿山甲、果子狸、伯勞鳥、狗、青蛙、蛇、海鰻與猴子等等，因著這些不曾被馴服成家畜的野味，被認為有其原始野性力道，用來作為「食補」——所謂的固根本，身體顧強健了，方有下一步的春趣可言。

及長後，當基本上所有吃的都是人工豢養出來的，這些不曾被馴服成家畜的野味，方因其原始野性力道，開始被歸入「春膳」的基礎材料。

也因而在父親諸多吃食奇珍的「故事」裡，長大後的王齊芳發現，父親如所有父親會作的，絕不曾涉及那真正「春膳」的部分（怎麼就不見了啊？），而這，是父親及那一代的男人們，當然也還包括直至現今，島嶼男人們經常會吃的。

1

一開始，當性事還只是在新婚的前一夜，由家中的母親或女性長輩，通常是被稱作有福氣的嬤嬤輩的老女人教導時，女孩子，未婚的年輕女子，只有從她們處得知有關於性的常識。

教導通常十分簡略，大抵就是躺下來、閉上眼睛、任由男人作為、會痛得忍耐等。

（母親、嬤嬤絕大部分也所知不多。）

然有一樣一定耳提面命、一再重複提醒的是：

馬上風。

萬一壓在身上的男人（大半也一樣是不經世事的處男）突然停止擺動，趴在自己身上不動、昏死過去。

趕快推開男人起身呼救？通常不方便而且可能耽擱。更可能的是男人的命根子卡在自己體內，根本拔都拔不出來。

（怎麼就不見了啊？）

立時應該作的是拔出髮髻上插的髮針（簪子，常以銀打造，叫銀簪子），摸到男人臀部肉最多的地方，一針狠狠的刺下，絕不能手軟。

男人便會悠悠的醒來，而且，命根子這時會軟下來，方能順利的拔出。

馬上風。

每個新婚的處女，洞房花燭夜被教導最重要的一件事，不是如何迎接將臨的性事，而是：

如何將男人從性事的死亡救回來。

王齊芳成長的年代女人早不梳髮髻，當然也不會用到銀簪子，性事的普及也不用母親、嬤嬤來教導。學校性教育即便有所不足，男生們也有「小本的」補充，沒有親身經驗也大抵知道怎麼回事，而是否因此，「馬上風」不再是那般常見?!

王齊芳在作為一個年輕、剛出道的寫作者的過程中，那年代已經會聽聞得到類似的傳言，讓她如此印象深刻：

電影界最富盛名的大亨，手下有數以百計的美女，從清純少女、鄰家女孩、健美女郎、冷豔婦人到性感尤物等等，高矮胖瘦各式各樣任君挑選。

（大概只有他因工作而有此豔福，絕非一般有錢有權的人所能比擬。）

可是他獨鍾情於旗下一位從未曾紅過的過氣女星、半老徐娘。

私密傳言指稱，只有這過氣女星一雙巧手，摸摸捏捏不知如何使勁，能讓這早已不行的男人陽具再起。

她一定從小就喜歡用手去沾惹許多事。

她的年代已不是作傳統「無才便是德」的女紅，刺繡、裁衣，她歡喜的是在廚房裡廝混。孩子在廚房能作的不外各式破壞，在裡幫忙的「阿清官」將她的小手浸在水裡，輕輕的打，要制止她。

但她的媽媽讓她，再趁機教導她。

自詡古老，鹿城的世家、豪富，自有一套教養女孩子的方式。她媽媽的看法是：即便以後她大富大貴，家事全然無需自己動手，她也該懂得這些，傭人才不會拿翹，她也才能服人。

她被教導幾近所有的家事，但她媽媽又極疼愛這個最小的女兒，只要她玩票性的、懂得就好。

她第一次淘洗白米時，水一沖入盆底的白米，立時轉為一種看不見天日的濃白，遮蓋了底下的米粒，她曾以為水把米粒都化掉不見了（麵粉不是這樣溶於水中、化身無形嗎？）。

即便她不易被責罵，她不是傳統中的「媳婦仔」，也不是必得燒飯洗衣的孩子，仍然一陣驚心。

（這樣就不見了啊？）

立即的反應是將一雙小手插入混濁的水中，啊！白米仍在，手一陣淘弄，大概都還在。

她便一次又一次的淘洗白米，每回倒掉的洗米水都清澈些，最後再沒有一絲濁白，水中清楚可見粒粒白米。

「夭壽！」家裡幫忙的「阿清官」失聲驚呼：「洗米把米神都洗跑了。」

她後來才知道，那濁白的洗米水被認為是有營養的，而且是能使煮好的米飯香Q好吃的「米神」。

現在她有時會讓男人的精液噴在把玩陽物的手上。

她有一雙纖細的手，一般女人的小手，但因為少勞動手原又細、軟，握起來所謂的「柔若無骨」。

這樣纖細的小手握住男人紫黑筋絡勃發的陽具，常常露出龜頭及大半根陽具，襯得男人如此雄偉，也愈發顯得那小手肌膚柔白一如凝脂。

男人喜歡看自己奮發豎起的陽具被她的小手如此握住。

（玩蛇的人吹奏一管笛子，從枝葉編籠中嬝嬝娜娜升起一隻蛇。

他的手快速移動，曼妙無比行雲流水捏玩的——

是那笛身、笛身上的氣孔、擺動的蛇身……

還是，點點寸寸捏到的都是恰到好處的自身，當然還有觀者的眼、耳、鼻、舌、身、意，並能及心。）

卻是，她也必然會要清楚眼目所見，那噴吐出濃白腥羶汁液後的陽具，在握著的手中迅急的小下去，即便是一雙小手，也足足滿握。

（這樣就不見了啊？）

他們也一定害怕：怎麼這樣就不見了啊？他們吃各式動物的陽器，「以形補形」來補足自己的陽具。當然愈大愈雄偉愈勇猛的動物愈好，驢鞭據稱最大，但在島嶼取得不易。牛鞭是次要的選擇，大牛鞭可長達三台尺半。

著名的海狗鞭最佳的吃法是放在瓦片上，下面燒木炭將海狗鞭烘乾，再將乾燥後的海狗鞭研成粉末，春效無邊。

要吃狗鞭得是黑狗，為了證明取下的是黑狗鞭還要帶一撮黑毛，將黑狗鞭放在公雞的肚子裡過水蒸四個小時，效果比鹿鞭還好。小動物的鞭也不容忽視，紅面鴨，而且一定是要沒有交配過的紅面鴨鞭，功能持久。小小的雞鞭也不能忽視，得從肛門附近小心取得，然近來因為公雞大半被閹掉以增肥，雞鞭取得較不易。

如此，百獸中老虎的鞭是上品，「虎鞭」不論烹食或泡酒，都是春膳極品。

但老虎畢竟得來不易，鹿鞭取而代之。那鹿除了鞭外，鹿角，尤其是頭角崢嶸的野鹿、梅花鹿，硬挺、粗壯、茁長的角，代表的是春性無盡。

（最後連犀牛，那上千公斤的龐然大物，也因牠獨一無二尖挺的硬角，招致殺身，只為取得那根堪稱最最雄偉的犀牛角助性。雖然往後中醫師們強調，犀牛角功在降溫解熱而不在春性。

降高熱的藥如此普及，犀牛繼續被獵殺。啊！那犀牛角事實上仍被以為能清除去皮、脈、肉裡與性事相關的「髒東西」，除去這些不潔方能血脈暢通。要補，也才補得進去。）

能深入土裡的根莖，而且是稀有植物的根，如人參，形似陽物，也會被認為有春效。那人參如果是野參，還有諸多傳奇說詞，它不僅有知覺還能行走，採參人尋獲得立時用紅布罩住，否則稍一不察它即會逃之夭夭不見蹤影。

（能行走的人參?·那陽具不也時或被稱作「第三隻腳」。）

然中醫宣稱，有春效的不是人參，而是黨參。

便不管虎鞭、鹿鞭、或各式動物的大小鞭，通常搭配冬蟲夏草、淫羊藿、巴戟天、肉從蓉、韭菜籽、仙茅、當歸、枸杞等藥材效益更佳。但切記巴戟天與仙茅有微毒，得用溫水先泡過一遍，才能使用。

便先是整個胃、腸、心、細胞、神經，對那「春膳」的無盡渴慾。然後是吃下「春膳」，也遵循著一向的教導行房前不飽食、最好只有三分飽，事後再吃三分。

卻竟夜裡口渴若焚，得無盡無量的水去消除那食物留在體內的污穢。便知道再多的春膳也補不進去了，過多的性事已淘空虛泛了身子，再補下去只有死得愈快。

一旦真要行那房中術的「採戰之術」，或研練那「男女雙修」，相較於要以行氣、通穴來起陽物的修練，那食物果真著於物，因而不能用於成仙之道。

如此，春膳又有何益？如終歸一切俱是氣在感覺在體應，要通的是督脈。

難怪會要仙丹迷藥……

仙丹迷藥用來輔助春膳是否意指的走的是氣，那一向著重的「男人補氣、女人補血」。

仙丹迷藥打開的是什麼？催行在體內的又是什麼？趕走（出）氣脈之外的又是什麼？

然仙丹迷藥畢竟不可得，藥酒便是選擇。

要深得虎鞭的精、氣、神春效，最好的，該是泡製成酒——

那著名的「虎鞭酒」。

那最上乘的「虎鞭酒」據說不僅藥味全無，而且顏色濃郁淨亮剔透但深厚如酒紅，入口後卻在口中輕淡如若無物十分空靈，然吞下的又實之有物。

恍若吞下的真是瓊漿玉液也只不過此。

然後那「虎鞭酒」在體內迴轉，攻克的俱是遍身通體創傷之處。比如該下沉到丹田之氣，鬱結在心口上，衝撞迴轉持之不去，悶悶的熱，無解的迷障無路可通無處可去。

那下腹丹田之處果真曾經傷及且離痊癒尚遙，方使氣不能下達及於陽物？

方知道什麼是身傷、什麼是傷身。

（啊！那陽物在一路行來力行採戰之際，原來命定的必然曾有過累累傷痕。是不是每一次偶發的不舉、舉而不堅、堅而不持久，都是致命的創傷積累，銘記於體內，而終至於終至於，最後一蹶不振。

它可真是不見了？）

又或者本該達於天靈蓋的氣，卻只能來到眼眉處，止住。在此發熱發情，便帶來盈眶熱淚的觸感，真個泫然欲淚。

然要催的並非淚下。

是抑遏住了，還是那氣果真還不及催及？真要催的又是什麼？是五孔七竅裡的淋漓汁液，本來滿盈滿溢蠢蠢欲動，卻氣不足催及，無從體液縱流源源不絕，好作為先導先遣，讓那陽物方便行事！

便在這氣、行氣結於體內其中，只消「虎鞭酒」行經，整個體內有若被那巨虎大鞭操幹過一遍，全體遍身翻轉搗覆。好似那巨大虎鞭的神力全匯聚到來，自身陽物內容另一根虎虎大鞭，鞭中有鞭，虎力直灌神奇無與倫比。

是「虎鞭酒」先催情，還是那身體本就已被遍體打通，進入的氣直灌丹田直達陽物，無堅不摧無敵不克處處暢通——方能將女體揉擠壓磨操持逗弄，直讓女體整個體內搗盡摧殘，留下的只是虛脫。如此女體洩出的氣、氾濫的淫水汁液，在在滋養著陽物。

方能採陰補陽。

而自身陽物仍挺立不洩。

行氣迴轉，隨時又能再戰。

他們會發現並明白，那源自中國北方的古老的民族，始自幾千年前的黃帝《素女經》，以及其後不斷演繹的「房中術」，教導男人採陰補陽的採戰之術，事實上就是：

女體，一個又一個，眾多的女體，方是最有效的「春膳」。

吃食這最具效益的女體春膳，還不是吃鞭角、藥酒，或生吃活的不管是猴腦、人腦，一次吃盡。而是慢慢的、一次又一次的藉陽物直搗女陰，逐漸吸光女體陰氣，終至於女人元氣盡失，形容枯槁而亡。

然這畢竟是「祕術」，是不傳之祕或已久遠失傳，不可得。與處女或年輕女子行房，能滋補陽物，成為信念一直流傳。

即便是女體，一個又一個，眾多的處女或年輕女體能作為「春膳」滋養著陽具，從女體採吃到的畢竟只是氣。如此，鞭、角、紫車河、生鴨肧……仍然必需。也方能使陽具一開始能勃發、堅挺，方能進入，否則再多的女體如連進入都不行，也無從行採戰之術。

（他們吃的，仍然是與自己同性別，同樣雄性動物的生殖器，他們吃著鞭、睪丸，會不會也如同是吃掉自己？

可是吃掉了不見了，又能怎樣呢？

會不會至少安全了。

至少無需擔心它太軟、太快、太小、太短、太細、太太太……

那永恆的詛咒，一切春膳的緣由。）

如是，不管是為了「房中術」教導，必需要能使女人進入欲死欲仙的境地，男人方能藉採戰之術達到採陰補陽的效益。

或只出自自我要求的「男性雄風」。

或真為著愛要讓對方爽。

便會是她或其他的女人，她、她們剛在盈手不足以握住的男人陽具衝刺下，有了滿足的性愛。而不管是怎樣的男人，如若他、他們真是那種可以真正操、插、作多時的男人（可是喝了虎鞭酒），於是她、她們的下體陰戶因長時間的穿插進出，淫水四溢後整個外觀或內裡全腫脹了起來。

滿足。

或可說是超過滿足的一種極致，甚且下體陰戶都倦累了，拒絕再被進入、拒絕再被操插、拒絕再被進出。那腫脹代表一種滿盈，已然溢出後的那種滿塞，再吃不下去了，再吃下去就要整個翻轉，吐了、翻了出來。

（即不再能被進入。

然那已然是有開口的陰戶，真能不再被進入？）

她和她的情人去吃一頓饕客們才會吃的盛宴。席間出了不下十幾道菜，大蝦鮑魚龍蝦魚翅螃蟹甚且鵝肝牛排一應俱全，每道菜在分量與能獨當一面都堪稱得上是主菜，可是情人吃後在微醉的醺然下紅著一張臉向她抱怨：

沒有吃飽。

她基本上是笑了當然含帶更多的不忍與憐愛。

沒有吃飽的情人解釋說吃那麼多種東西混在一起，什麼是什麼都分不清楚，不知道吃下什麼，所以不覺得飽。

「同時吃很多種食物，不是像混多種酒喝容易醉一樣，更容易感到飽足嗎？」她沒什麼多想的說。

然後不免再自問：

「是這樣子嗎？」

只吃大量單樣食物，比如吃三大碗米飯，與吃較少的米飯又吃菜，哪一種更容易感到飽足呢？

（她和她的情人之間單獨會有的性愛，相較於和不同的人間的性愛，哪一種較容易感到滿足呢？

又或者多人混在一起呢？

如果多人混雜在一起——像吃很多種食物，會不會更容易感到滿足呢？

可是要怎麼混呢？）

2

來到那廣被談論的3P，或叫三人行。

王齊芳自然知曉，自那知名作家在嚴肅的文學作品，而且是處理到性與政治的文學作品裡，談及三人性愛——這裡指的是一個男人與兩個女人，知名作家提出彼此間其實進行的並非肉體的互動，而是三人之間的權力關係。3P，或叫三人行，便一定會令人留意到：

那個男人，3P裡唯一有陽具的那個人，插誰的陰戶多一點、久一點。

而那兩個躺下來，張開陰戶等待被幹的女人，是不是各盡手段，要讓在場的唯一陽具，能在自己的身體內——進出。並且最後射精在自己身體內，方有最極致的佔有與滿足。

書寫的作者是個男人，更仔細的劃分該稱作：是個異性戀的男人，便會被挑戰，這樣的描繪，是從一個異性戀自我中心的大男人主義作出發點。也就是說，女人們都只會臣服於男人的陽具下。

可是在躺下來，陰戶洞開等待被幹、或慾火被撩撥起來，迫不及待還要下一輪陽具回來操插的女人，這時候，能不要那陽具只想政治正確的權力關係嗎？

事實很可能不是這樣的。

有時候的確會有所不同。

差異發生在女人身上，與男人的什麼大不大男人主義無關，而且果真，與陽不陽具，還真沒那麼大的關係。

事情可以是這樣的：

他們，三個人，的確是一男二女，男人和其中的一名女人，就稱作B女吧，是一對情人。他們三個吃著一頓有美酒、美食的晚餐，座位的排列方式是，兩個女人坐一邊，那唯一的男人坐對面。

晚餐，不管是中、西餐，順利的進行，酒、菜一道一道的上，終於，在要上甜點前，應該是酒的作用吧！其中那個女人，就叫A女吧，伸出右手探入鄰座B女的前胸乳房。

A沒有被拒絕。啊！不，她一點也不曾感到被拒絕，一絲絲、一毫毫都沒有。A有些詫異為什麼，但不及也不曾細思。

她的手伸入胸罩，開始把玩B的乳房，左邊玩完後換右邊。

「嘢！嘢！妳在幹嘛？」男人出聲抗議。

小小的吃飯包廂裡，隔著餐桌，坐在對面的男人能作的似乎不多。

那B女有一身真正是絲綢般細緻光滑的皮膚，小小柔軟的乳房，觸手如此美妙，她真正放開心懷撫摸。

「嘢！妳在玩我的女人嘢！」男人知覺到當中的差異，再次表現出不滿。

「我玩給你看啊！你們男人不最愛這個調調。」她出言挑釁。

男人暫時不言，他顯然享受著這一幕，但也明白（或以為）是被佔了便宜。她的另一隻手從胸乳順勢往下摸。

「嘢！嘢！妳在幹嘛？妳在玩我的女人，妳知道嗎？」

要用行動制止，得起身、繞過餐桌，男人沒有這樣作，只坐在原位興致的看，但一再出聲抗議。

她是因而感到一種異色的刺激？加上酒的作用，她俯下頭來，以唇吸吮B女的乳頭，一面還口齒不清的說：

「我們是在玩給你看吔！」

接下來他們三人到有床的地方去進行那所謂的3P，而她一再告訴男人：

「我是因為被你的女人吸引才肯這樣玩的！」

男人明顯的不信，但只有笑罵連連：

「他媽的！幹！他媽的！」

她一向被認為、也自認是個異性戀女人。

她、她們終會有機會完整的看到過往只從男人口中，或聽聞到以這樣的字眼訴說的女人外陰部：

小花瓣

（每個女人的外陰果真如她們的臉，每張臉、每個外陰，都有所不同。）

小貝殼

（所有兩片包含當中有開縫能進入的。）

小蝴蝶

（小小陰唇如蝶翼顫動撲打充滿了生命的活力。）

小蝸牛

（陰戶攀附著陽具如西北雨後蝸牛爬上枝頭，黏附纏綿生動不已。）

九頭鮑。

（她不能不自問：為什麼是鮑魚，為什麼又是九頭鮑？

那鮑魚，據《本草綱目》稱，具有補腎明目等春效，可是體位虛寒者不宜。

基本上是曬乾了的鮑魚，以一台斤十六兩的秤重方式，分別一台斤有幾隻鮑魚。九頭鮑意指九隻乾鮑魚重一台斤，算是每隻個頭不小。

這樣大小的鮑魚，會是一般女人陰戶的大小，恰到好處的適合男人的手指拿捏、把玩。鮑魚圓心略鼓起，四周鑲著一圈較深色帶皺褶的裙邊，活脫脫的女人外陰唇模樣。

發過再經高湯長時間熬煮過的鮑魚軟硬適中，牙齒咬下唇舌吸附，十分具有彈性，更不用講那始終含帶的腥甜香息。）

那二女一男3P的玩法，有一種常見的方式可以是這樣的：

她仰身在最下位，以口唇吸吮B女的乳房與不管叫小花瓣、小貝殼、小蝴蝶、小蝸牛、九頭鮑的陰戶，男人從趴著的B女背後操插，而只消稍往下移動，男人也可及於她的陰戶，進入，同時男人以口唇繼續吮舐B女的小花瓣、小貝殼、小蝴蝶、小蝸牛、九頭鮑……

他們三人，便可相互的將對方包覆其中。

她還會有這樣的機會，如若是她的手指好奇的插入她的陰戶，她立刻要發現的是水、濕、黏、滑，盈盈的水立即沾濕了手指，還帶出淫水四流，好似那陰戶一經進入，就淌滿黏滑口水，滴滴答答迫不及待的流出。

那陰戶還有著一種溫暖的圍覆，一定是較手指的溫度高，再加上水濕黏滑，如此美好可以把玩。

然後她終可以說：

原來陽具進入的是這樣的地方。

包覆。

（在她、她們的養成教育裡，她便有機會將手放入一堆去殼的牡蠣裡，淘洗。

那牡蠣無頭無臉也不知哪邊是頭是尾，因此也看不出是死是活，一顆顆的聚集、層層堆疊倒也不見壓壞彼此。手往下切撈，只要不太大力，不至弄破那肥腴軟白的肚，而帶重重垂邊皺褶的裙身，會紛紛的自指尖指縫滑過。

以後她一直有女陰是那重重垂邊皺褶的手感，濕、黏膩、還有滑，一褶一褶、一尾一尾的滑落，留下滿手黏滑濕膩，透明的明明可以感覺到，但不見得可以清楚看到。

一種不易覺察的罪行？）

那麼，她能進入她想進入嗎？然後她發現她們能進入彼此的除了舌、齒外，還有手指頭。

那3P裡便可以不只是那個男人，3P裡唯一有陽具的那個人，插誰的陰戶多一點、久一點。

而那兩個躺下來，張開陰戶等待被幹的女人，也不是只得各盡手段，要讓在場的唯一陽具，能在自己的身體內進出。

只要她們願意而且喜愛，她們同樣能進出彼此，她們相同的器官、熟知並更能命中其間的要害……

她們會不會更是彼此的「春膳」，可用來看也可用來吃，她們吸咬吮彼此相似的器官，會不會一如男人們吃「鞭」，同樣的吃的是自己？

她們真能是彼此的「春膳」。

（可是，留下滿手黏滑濕膩，透明的明明可以感覺到，但不見得可以清楚看到。

一種不易覺察的罪行？）

始自童小，她、她們被教導的是：淘洗牡蠣不是為讓牡蠣在水裡一尾尾自手指間滑過，而是要找出殘附的碎殼、再去除。

她便有機會去捏揉那易破的牡蠣，垂邊皺褶的身還好，但軟白的肚搓著揉著捏著，每每就流出一坨坨濃稠的白汁，極腥羶的味道。如此她往往將一大碗牡蠣洗成小半碗，她就失去了洗牡蠣的機會。

她便要學會，如何淘洗牡蠣，只能將殘附的碎殼小心拔除，不能傷及牡蠣，特別是那易破流濃白汁的肚。至於那垂邊皺褶的身，連碎殼帶依附的身撕下來一點，基本上沒多大問題。

她、她們能作家事的手便有機會觸摸到牡蠣，但通常不會是女陰。自己的陰部被教導不能隨便碰觸，其他女子？完全不會有機會，基本上也深自恐懼十分害怕著。

（可是，留下滿手黏滑濕膩，透明的明明可以感覺到，但不見得可以清楚看到。

一種不易覺察的罪行？）

便會是她或其他的女人，她、她們剛在男人的陽具衝刺下有了滿足的性愛。

或可說是超過滿足的一種極致，甚且下體陰戶都倦累了，拒絕再被進入、拒絕再被操插、拒絕再被進出。那腫脹代表一種滿盈，已然溢出後的那種滿塞，再吃不下去了，再吃下去就要整個翻轉，吐了、翻了出來。

（即不再能被進入。

然那已然是有開口的陰戶，真能不再被進入？）

便在這感覺中下體陰戶超過滿足的一種極致下，她、她們，或其他的女人，是不是要服膺類似的說法：

吃甜點的是另一個胃。

也就是說，不論吃得再如何飽足，都還有空間容得下甜點。因著這是不同的需求，便還有另個胃，容納這需求，重新要求被滿填。

如是，在與「她」同屬女人間絕然不同於男人的挑情戲玩後，那因而來的渴慾，讓那下體陰戶重被激發起，更甚的一種迫切索求，從陰戶內升燃起。

（可是不是已然極限的被滿足、腫脹著不再能被進入，怎麼還會再有慾望？）

那渴慾於下體內不停的搔撓，成為炙熱的翻騰，希求著被平復止息。

（以一雙或數雙女人的手、還有唇、舌？）

是更溫柔的撫觸更細膩的舔舐更輕微的搔爬，方能點點寸寸方直扣心弦。

他（她）們，便果真能軀體交纏在一起、真正淫汁精液交相混合。

包覆。

古老的民族都會有「套菜」。

在駱駝的肚內套上一隻小牛，小牛的肚內套上一隻小羊羔，小羊羔的肚內套上一隻野鴨或雞，野鴨或雞的肚內套上一隻鴿子或鵪鶉。

經過長時慢火的燒炙，最外面的駱駝許會焦、乾、柴，然套在裡面不管是小牛小羊羔野鴨或雞鴿子或鵪鶉，都因隔火炙熟湯汁包藏不外洩，相互的汁液交相混合，成就至高鮮嫩多汁味佳的美食。

那來自中國北方的古老民族歷經上千年極其精緻的餐飲文化，發展出「三套鴨」這樣的「套菜」：肥鵝的肚內套上鴨，鴨的肚內套上鴿子或鵪鶉。同樣經長時的烹煮。

來自中國北方的古老民族更有著這樣「人套人」的故事流傳：

一男一女相約私會，正到濃情密意處，男人的妻子尋來，女人說，我略懂法術，只消張開嘴，你便可跳到我嘴裡暫且藏身。男人依言一跳，到了女人肚裡，發現已有一男人在裡面……

（所有男人的夢魘?!）

包覆。

叫「百鳥朝鳳」的著名春膳，是一道「套菜」。

端上來的是個瓷盆，有成年人雙手環抱那麼大，裡面淺淺的碧綠色湯汁上有一大圈綠色的植物，枝枝葉葉，熬煮過的綠葉仍葉葉分明。瓷盆中央綠葉上穩穩坐著一團白色略橢圓形的鼓鼓大物，直徑超過一尺多。

定睛一看，豈不是一個大型豬肚，開口處用瓢瓜作的線緊緊纏住。

（裡面包藏著什麼？）

那善作春膳的大廚拿來一把薄口利刀，輕輕一劃打開白色豬肚，露出肚內一隻完整的烏骨雞。刀刃過處深淺恰到好處只劃開豬肚，未傷及烏骨雞分毫。

那整隻烏骨雞圈在豬肚的緊密方式，明眼人知曉這雞從內裡整個骨架被除去，方能真正「柔若無骨」整雞滿塞在豬肚內。

正驚嘆之餘以為整件事情至此。

哪知大廚刀鋒再起，雪亮亮刀刃一晃，這回劃開的是烏骨雞的肚子。

（還能包藏著的又是什麼？）

裡面赫見數十個禾花雀的鳥頭。

（那禾花雀據稱是天下至淫之物。）

「百鳥的百指眾多，倒不一定非一百個禾花雀的鳥頭不可。」善作春膳的大廚解釋：「朝鳳的鳳當然指烏骨雞，用烏骨雞因其有強身補血氣之效。」

大廚指著那瓷盆中的綠葉附加：

「這菜足足隔火燉煮七個小時，才能逼出裡面四味藥材：淫羊藿、黨參、巴戟天、冬蟲夏草的春效。」

（那碧綠色的湯汁當然是整個春膳的精華所在，功效在得連喝，卻只消三天後——

啊！真個春心盪漾。）

還有，那慢火細炙的豬肚熟爛但仍有肚片的嚼勁；烏骨雞因包覆在內不直接遇火，鮮甜湯汁俱在不外流、肉不柴不澀；據稱是天下至淫之物的禾花雀，只取鳥頭因其春效在腦，七小時燉煮後頭蓋骨稍稍一咬即開，裡面白色腦漿迸放噴出……

滿嘴滿唇滿舌帶腥白色濃汁。

怎個春事、春意了得。

那叫「百鳥朝鳳」的著名春膳，在白色的豬肚、黑色的烏骨雞、肉色的禾花雀的包藏，在慢火細炙的七個小時中廝摩溫存，如是，事實上完成了豬、雞、雀彼此之間最大的體液交流的春事。它們事先經過了張開、進入、包覆的儀式，再由淫羊藿、黨參、巴戟天、冬蟲夏草的催情，經慾火的鍛燒——

誰能說它們，白色的豬肚、黑色的烏骨雞、肉色的禾花雀三者之間，不是已然完成彼此之間的春事。

如是，它們方能入那些人的口，助他（她）們完成了怎樣的春事？

在他們的文化裡，男人基本上是不被要求作家事的——「君子遠庖廚」，自古有名訓。

他們的手通常便不會有機會去淘洗牡蠣，讓那有如女陰重重垂邊皺褶，濕、黏膩、還有滑的牡蠣，在水裡一尾尾自手指間滑過。

他們的手會直接觸摸到女陰。而且他們嗜吃牡蠣，這據稱春效十足的春膳，還最好能生吃，他們的唇齒便吸吮咬過牡蠣重重垂邊皺褶，吞下軟白的牡蠣肚腥羶濃白黏汁。

（他們可是同時吃下相仿的女陰與精液？

難怪那牡蠣如此春效十足！）

而如若是廚師，而且是作「春膳」的大廚。

他的手便有機會觸摸到牡蠣、還有女陰，當然也會吞下牡蠣。

他在女陰、精液與牡蠣間，是不是也等同於3P、多P的歡愛，並由此模擬成了「百鳥朝鳳」？還是，是春膳製作的過程模擬了那歡愛？或者，它們彼此間本就能相互模擬。

是「作」了愛，或「作」菜？「做」了身體，或「做」了食物？

被稱作「至聖先師」的孔子，有這樣的「至理名言」：

三人行，必有我師焉。

可是，三人行，一定要有「我師」嗎？

3

她、她們在那每個月來臨的週期中，經歷了體內的一股徘徊、升起、迴轉、纏繞的慾望與希求的變化。每個月那每一顆成熟了的卵子，原可製造出一個生命，然那未曾被使用的卵子，靜靜的死去，如同每個月的慾望，輪迴又輪迴。

以為終有一天，會脫離這一次又一次的「輪迴」。可是那慾望與希求，淡去的不知會是何時。

（或者直至死亡將至的有生之年，方可能到來?!）

她能確定的只有，當子宮隨著某一種吸引力週期性的在排出血液，與她的渴望被充滿息息相關。

啊！是啊！那子宮懷帶著飽滿的紅血，由著自體的慾望與希求，讓白色濃稠羶腥的精液帶著精子臨近、進入，本要作一處培育的溫床，供那留下來的受精卵從中吸食。

是要吃盡那原要排出的血嗎？這包覆的血床會是怎樣紅血筋脈糾纏，而著床的胚胎從中——

取食。

當不再有這樣的作用，那子宮孕育著飽滿的紅血，隨著體內那股徘徊、迴轉、纏繞的慾望與希求，化成股股穢血，排出。

（她是孩子的時候，因著在鹿城老家的習俗，她被教導用她小小孩子的手去作許多事。

小孩子作的不外戲耍，她便有機會等父親或「閹雞羅漢」切斷雞、鴨、鵝的脖子放血——這過程她始終不敢看，接下來，以她小小孩子的手去拔毛。

她還愛趁大人不注意時，去玩弄那尚有微溫的雞、鴨、鵝軀體，它們長長的脖子裡這時會聚有很多血塊，只消使力捏擠，脖子處切割的傷口噗噗的便會吐出一塊塊、一截截的血塊。

顏色尚不到紫黑，通常還只是深色的紅。

她喜歡擠玩那軟滑細膩的血塊，玩著玩著有時候滑溜溜的小血塊一溜煙不知跑到哪，神奇的就不見了。有時候血塊會放出一坨黑紅色的血水，手中就會只剩一層極薄極細的膜，那薄膜只如此薄薄一層，不小心還會隨即不見，更不知如何竟能包如許血塊。

她作小朋友的時候，喜歡用她小小的孩子的手去玩弄許多東西，她一直印象深切的記得，那剛凝住尚如此滑細膩的血塊，在手中微溫到把玩一陣消失不見的觸感。

啊！怎麼就不見了啊？

日後她的月經來潮，那多天數的不斷的流出腥色的紅血，讓她同樣有著神奇的生命在消失的感覺。）

他們吃這處女第一次排出的經血調製成的「紅鉛丸」，作為滋陰補陽修練成仙的仙丹靈藥。

他們吃她們的血，從下體排出的初經的血，那血因著慾求不曾得到滿足而必然的要排出的穢血。他們吃下的可是從她們身體流洩而出最原始的慾望與希求。

（他們吃下的她們的慾望與希求，進入他們的體內，化作了什麼？）

他們吃的不只是來潮的月經，他們還要吃掉自己孩子的胎盤，那著名的「紫車河」，母體孕育胎兒時的包覆，外加上一根長長的臍帶，好讓胎兒能通達母體——吸食。

（他們吃的還要是新鮮的自己孩子吸食母體的胎盤臍帶。）

剛自母體剝落下來的胎盤，上等的胎盤上血管粗且密佈，臍帶肥且長。事實上，隨著生產大量血崩出來的胎盤，洗掉沾染的穢血這圓形的胎盤粗看像個灰白的豬肚，只不過上面有血管交織，中間灰灰白白柔軟的一長條臍帶像一長截豬腸。

（吃起來可也像豬肚豬腸，那豬肚可是作「百鳥朝鳳」外圍最必需的包覆，方能包藏著那鳳與鳥，而無盡的春意方能在其中，開展。）

接下來他們吃別人的孩子的胎盤，不容易在產房外等著吃，所以吃的是乾貨。乾了的胎盤顏色深褐縮成男人的巴掌大，上面的血管乾了後像青筋浮現，臍帶縮短盤成一圈圈圓形。

他們欲想要吃的是什麼?可是那尚是胚胎的孩子!會不會他們最終吃下的,是自己?

(怎麼就不見了啊?)

是那春膳、藥酒、糾纏的長時間的性愛、還有遲睡,使她的整個身體處在一種極為脆弱的狀態。頭會是痛的,肢體痠疼為著某個姿勢持續太久,遍身重點處甚至被咬出血印、被重壓瘀青了。

當然還有那下體,因著被蹂躪、被進出衝撞,整個腫脹了。

然「心」知「肚」明,這脆弱的、負傷的身體還有著慾望,奇特的,不知始自何處的慾望。

便在這感覺中下體陰戶超過滿足的一種極致下,她、她們,或其他的女人,是不是因著不明緣由而來的渴慾,讓那下體陰戶重被激發起,更甚的一種迫切索求,從陰戶內升燃起。

(可是不是已然極限的被滿足、腫脹著不再能被進入,怎麼還會再有慾望?)

那渴慾於下體內不停的搔撓,成為炙熱的翻騰,希求著被平復止息。

(以一雙或數雙女人的手、還有唇?

得是女人更溫柔的撫觸更細膩的舔舐更輕微的搔爬,方能點點寸寸方直襲要害直扣心弦。)

啊！或許並不。那片刻中她或其他的女人，所作的或許只是：

自慰。

（自體能達到的。）

那其時，在作為女人被男人陽具填塞滿足後的陰戶、下體內，永遠仍存有的情慾的空間，也許不在另外一雙女人的手、唇，而在於：

自慰。

（自體能達到的，甚至不是雌雄同體的自我性交，而是如同吞入自身尾巴的蛇，在圈圍成一個圓圈中，完成了自體所要的、與他人無涉的最大極限的滿足，一種無邊無盡的自在快感，自體的吞吐。

她終瞭解到自身體內最隱祕的慾求，如何在壓擠廝摩探觸中尋覓到它，誘引著它出來——現在，她是那吹笛者，她也是那蛇，嬝嬝娜娜一陣升揑玩擺動後，如何收編降服，再回到那枝葉編的竹簍。）

無需仰賴他人，不必假裝，不會被辜負，沒有挫折，不怕不能滿足對方，甚且無所謂是否有高潮。

便只有溫暖、慰安、充盈、平寧、喜樂、圓滿無限。

（自身慾想、自體能達到的。）

她還想要——持續——長時間——不斷——進出——操插？

她是不是因而便無需再過度在意：

自己的外陰部是否像九頭鮑或像小蝴蝶，充滿了生命的活力，陰道括約肌有力且收縮展放的韻律感很好，下體的分泌物清香可口，子宮頸會讓男人眷戀不已。

她無需擔心高潮的時候是否：

從陰蒂陰唇開始，像是蝸牛在西北雨後爬上枝頭一般的黏附纏綿生動不已，緊接著陰道括約肌跟G點攪動如磨臼，最後，子宮頸的砥礪琢磨讓女人呈現窒息的樣子，方是完全完整完美的高潮。她自己可以決定要不要：

搖頭扭臀搖臀讓下體熱身，讓氧氣進來多一點，讓心臟血液能夠充分輸送到下體。為了讓性高潮達到最高點。

她也可以不管：

男人是否喜歡半夜晨起的時候作愛，入夜十一點到三點是膽肝經脈時辰，是生長激素一天分泌最高的時候，也是副腎皮質荷爾蒙素最低的時候，所以飲食消化吸收越好的男人，三點之前是他的優秀時段，是他揭竿起義最好的時候。

她會更在意：

女人是不是喜歡入夜要睡的時候作愛？

那麼，她需要那「春膳」麼？

她還需要「春膳」作什麼?!

4

如若那「春」膳的春意，是他、她們都再回到過去，每個人過往的青「春」。他、她們開始談年輕時的戀情，甚且童年往事。

只差沒有回到嬰兒時期。

她又回到將糖果放在口袋的習慣。

早過了島嶼大多數人普遍貧窮的時代，除了自製，加上進口的糖果餅乾蜜餞各式吃食，可以開一間佔地一、兩層樓的零食店。

這回她放入口袋的不再是孩童時外面有精美透明彩紙包裝的糖果，反倒是有一回在鄉間全然出乎意料的重又看到「柑仔糖」。她買了幾顆胡亂用塑膠袋裝著，也不為吃它，就隨手擱入口袋。

有一陣才重穿那衣服，袋裡的「柑仔糖」全融了由塑膠袋流出來，本就是赤身裸體的只由糖和色料作成的「柑仔糖」，成了青青紅紅的一大攤濃膩黏液，糖倒容易洗去，色斑留下來怎樣都去除不了。

好似那口袋真作過什麼見不得人的事（都這麼大的大人了，還處處這般孩子的行徑），方留下這樣青青紅紅的一攤遺跡。

證確鑿。

她記得是一件知名的義大利品牌薄外套，春裝，經典的米色系，便更是歷歷清楚罪證確鑿。

她同他見面的地方，高樓還有人將窗戶大大開著，奇特的是風向的關係，進來的不是風，而只是陣陣冷氣。那三月底的春天，仍尚未見回暖。

等待的時候她的手冰涼，順手插入短外套的口袋，觸手一攤黏膩。是一顆糖，她仍將糖果放在口袋，只不知是什麼時候放的。

大概會是顆懷帶祝福的糖果吧！喜宴的喜糖、預祝順利發財發達的福糖，才會習慣性的放入口袋。近些年來她已經較少將糖果放在口袋，像所有的女人怕胖，她連巧克力都少吃，更不用講其他糖果。

而這顆懷帶祝福的糖是水果口味，硬的外包玻璃紙，小部分已潮成糖漿流出來，沾黏口袋。

她問他有沒有垃圾筒。

「交給我。」他說。

她略微錯愕這樣的貼心，萬一她要丟的是令人噁心的——比如說擤過鼻涕的衛生紙？用過的保險套？

然她如此急於丟掉手中這團除之而後快的黏膩。

她將裹著白色面紙的糖果要交給他。

他的手觸著她的。

然後她發現自己的手如此冰冷，因著他觸著她的手如此溫暖。

即便只輕輕碰觸而且時間如此短暫，那糖果甜蜜的沾黏連結著兩個人的手，兩隻不敢又渴望碰觸的手，拉扯的豈只是糖果與黏著的紙，拉扯的是兩人的心。還有——

彼此的慾望。

果真他便不曾從她手中輕易接過那糖果。她以為她已放手交出，他卻始終無從自她手中拿得那糖果。他們的手一直碰觸在一起，她的在上而他的在下。

其實只有極其短暫的剎那。

（她不再記得自己的手冰冷，只記得那觸著的他的手。）

然後她發現他的神色有異，低下頭打開手方看到，裹著糖果的白色面紙一端仍在自己手中，因著糖漿的沾黏，他接到的那顆糖果仍黏在面紙的另一端。

他們之間連結的其實是只要有一方稍稍使力一拉，便會分開的白色面紙。

是那面紙如此極其輕、薄、軟，方使她不曾感到它仍在手心，抑或是，根本是她自己如此意亂情迷——

方會她以為她已放手，他也已接獲那糖果，他們之間仍牽扯糾纏。

不休？

愛戀中她一直有醒不過來的感覺，濛濛的籠罩在不停閃現的思念與回想——那一些在一起的時刻、說過的話、驚心動魄的碰觸。

然後過一陣子，她終不再如許紛亂，她發現她會欲想著要再跟情人聯絡，通常是與情人接觸後的第三、四天後。

這是不是意指著她對情人的慾望有著一種飽足點，一當達到，得要到了下個感到飢餓的定點，而未得到新的來自她的情愛滿足，她便會再向她索求，索求帶來接觸，雖是一種滿足但尚未全然飽足，她方能再撐個三天左右，不再欲求於情人。

然後下個循環才又繼續。

那號稱精神性、靈性的愛戀，果真如同實際的吃食與胃納，飢餓與飽足感相關，甚且一樣有著一個從餓到飽過程、或說從飽到餓過程？

是不是每個人在每次愛情中，飽足期間是不同的？

會不會有人對愛情的飽足感週期極短，一離開、一不再接觸，下一分鐘愛情的飢餓即臨身？

（難怪會有「一日不見如隔三秋」。）

不似她，那週期通常有三、四天。

這愛情的飽足感週期，意味著個人和此次愛情怎樣的不同呢？

與涉入愛情的階段有關嗎？當然相關在最始初的愛情，飢餓在分開不見即來到，在愛情晚期，飢餓甚且少再來臨？

那她還需要「春膳」麼？

國宴

1

關於那遠從中國大陸撤退來到台灣的統治者，一直有這樣的故事流傳。或者應該說，在眾多流傳的故事，有好幾則還成為小學教科書裡的教材：統治者從小就很英明，在溪旁看小魚逆流溯溪而上，就立志要救中國。他穿的舊衣服一補再補，一頂呢帽戴到邊緣都磨損不堪。

他穿的皮鞋換了好幾次鞋底。

（其時島嶼人民相信，偉人一定都會有幾則這類的故事流傳，有一處紀念館陳放破衣服、舊鞋、手杖——尤其如活得夠久，通常也都活很久才足以成為「偉人」，手杖因而是一定會有的。）

而要許多許多年後，當島嶼邁向世人稱道的民主化，人們才有機會發現，這穿一補再補舊衣服的元首，在只有三萬六千平方公里的小島上，蓋了二十七個行館供嬉遊。最大的一處是他死後的紀念館。

（也就／依舊是陳放破衣服、舊鞋、手杖……的地方。）

隨著統治者過世，他訂下的戒嚴法、掌控的屠殺與「白色恐怖」不再，人們終會逐漸忘記「小時候看小魚逆流溯溪而上，就立志要救中國」這類太過偉大的事蹟。

（並且終有人諧謔的問出：

他小時候看逆流溯溪而上的小魚，究竟是什麼魚？

好吃嗎？可否作為餐桌上的美食？）

然有些故事顯然一直為人們喜愛，便有這樣的一個故事流傳，流傳的方式在早期當然是神祕耳語，口耳相傳中不忘一再提醒勿輕易洩露：

保密防諜　人人有責

敘說者更一定要以自己獨知最高機密，有內線消息值得驕傲，更要以權威口吻事關國家存亡（那時當然是「殺朱拔毛，反共抗俄」），小聲的說：

統治者的夫人，那崇高慈愛、既辦育幼院照顧孤兒、又會畫一手好中國畫，才德兼備的元首夫人，是不和元首同桌吃飯的。

有人要毒死那至高的統治者嗎？

可能作得到嗎？

得這樣戒備森嚴，一個（當然是指元首）出狀況，另一個（當然是指元首夫人）至少還能視察國事？

或者，只是夫人不願意冒這個險，害怕陪同殉葬嗎？

（這不就不符合統治者帶來的偉大中國文化傳統的女性？不是本該嫁雞隨雞、還要能陪同殉葬。）

然後敘說者得更經過仔細打量四下無人，更審慎的不至洩露機密，才更低聲的說：

元首和元首夫人不同桌吃飯，是因為元首是不吃西餐的。

「噢——」人們深深的點頭，深思熟慮過後的表示聽懂了。

絕大多數的人都聽懂「元首不吃西餐」，可是在那個年代，絕大多數的人都不清楚所謂「元首不吃西餐」，究竟不吃什麼。鄉下地區有人還耳語：

「元首不吃『西餐』，是吃後會不能反攻大陸！」

至於何以會如此，便說法各異了。

（最常見的說法是：「匪諜」無孔不入，更有特殊藥物能控制人心性，莫非元首就是怕「吃西餐」吃到「這個」？）

要等到許多年過去，那遠從中國來的統治者仙逝（果真是活得夠久，留下好幾根手杖在蓋好的紀念館裡）。島嶼還要在往後的一、二十年裡，累積更多的財富，達到大多數人普遍的富足，才有比較多的人知道「元首不吃西餐」，究竟不吃什麼。

啊！是啊！那元首夫人自幼在美國受教育，說得一口美國南方腔的英文，曾自己說（用的還是英文）：

「除了面孔是中國人，其他都是西方人。」

可是那元首夫人一直穿中式旗袍，旗袍在相當長一段時間，流行開又高又長的衩，及腳踝的長旗袍便可從大腿近臀部處一路開長衩下來。

島嶼人民便有機會在最保守封閉的年代裡，從官方發表的照片上，偶有機會看到元首夫人因旗袍長衩，若隱若現的大腿。

（其時迷你裙尚未在西方流行。）

因加工外貿逐漸富裕起來的島嶼人民，對「元首不吃西餐」這時有了這樣的瞭解：夫人習慣美國人的生活方式，三餐都是吃西餐，而在中國奉化小鄉下成長的元首，當然不習慣吃西餐，所以，元首和元首夫人，是不同桌吃飯的。

當七〇年代，接替元首成為統治者的元首兒子，終於開放島嶼人民可以對外觀光，而更重要的，累積了一、二十年的觀光經驗後，特別是像「麥當勞」這樣的美國速食連鎖店，在小小的島嶼開了上百家後，連鄉下的歐巴桑歐吉桑，大概都知道「元首不吃西餐」不吃什麼。

至於吃西餐的元首夫人吃什麼呢？

這時有些人有這樣的說法：

夫人吃的美式早餐（大概都知道有新鮮果汁、煎蛋、培根、香腸、烤吐司麵包、咖啡這類），是在床上吃的，夫人沒有過午是不會起床的。而老土的元首（或有人稱獨裁者），一大早起床，吃的還是他浙江奉化老家那一套豆腐乳醬菜配稀飯——絕對是過氣落伍、不上道的吃食。

兩個人當然是不可能同桌吃飯的。

然他們因其身分與對國家的職責，有必得同桌吃飯的時候，島嶼人民私下耳語（保密防諜 人人有責）：在宴客的時候，特別是出席那代表國家的重大宴客場合，也就是人民常聽聞的「國宴」時。

人們亦不免好奇並私下議論紛紛，當「不吃西餐的元首」與「多半吃西餐」的元首夫人，以「國宴」款待客人時，他們吃的究竟會是什麼？

然一般人民咸信，在「元首和元首夫人不同桌吃飯」的時代，那代表國家的「國宴」，仍有著十分明確的規範。一定會以中國菜作基準的「國宴」，並非為「元首不吃西餐」而設，而是為彰顯「中華民國」（Republic of China）這樣的國家。

——在面積只有三萬六千平方公里小小島嶼上的「中華民國」，會在往後的近三十年間，繼續代表「中國」存在於聯合國。

島嶼人民對這「國宴」，便必然有諸多的設想。

畢竟，這「國宴」宴請的多半是外國人（才會是「國」對「國」），更是極盡尊貴的外國元首和夫人、使節和夫人、重要貴賓……

那遠從中國敗戰退守台灣的精於逸樂的統治集團（才會敗給「土八路」共產黨），有著五千年中華文化的根基，帶來的更是聞名於世的正宗中國菜。以這正宗中國菜擺設的「國宴」，一定是怎樣的山珍海味奇珍異獸極盡奢華之能事的饗宴。

（人們一直記得聽聞中的清朝的皇帝們，尤其是最後亡國的著名慈禧太后，那太后每日的餐桌上擺滿一百零八道菜。

那一百零八道從滿人喜好的燒、烤、火鍋、涮鍋，到漢人複雜的扒、炸、炒、溜、燴、蒸、熬等等作法作出的菜，從奉茶、乾果、蜜餞、冷菜、拼盤、熱菜、鹹點、甜點、麵、飯、糖果、生果、水果、看果，這一百零八道菜放置於旋轉盤上，可以擺出超過三十公尺的長度，以來得及下箸的速度，每轉完一圈一百零八道菜，需時大約近一個小時。）

更有名傳千古的「滿漢全席」，清朝的官府間的盛宴，往後還一直有富貴者安排重作試吃，得分好幾晝夜才能吃到部分。

少數流出的「國宴」菜單（保密防諜　人人有責），先流在食家饕客、歷史癖好者手中，那時節「國宴」會以這類的語詞呈現每一道菜名：

五福臨門錦繡盤
錦上添花慶圍爐
龍飛鳳舞迎新春
和氣生財大好市
代代平安好福氣
牛轉乾坤行大運
年年有餘滿華堂
長命百歲富貴菜
一團和氣金元寶
年年高昇好彩頭
全家團圓樂陶陶
大吉大利慶豐收

在這「國宴」裡，以中文書寫的菜單無法從一道道菜名上看出究竟是什麼菜（保密防諜　人人有責）？有的全只是長、命、富、貴、高昇、好運等吉祥字。

而其時島嶼人民深切記得統治者自中國大陸敗戰來台後，即在「二二八事件」中以機關槍掃射抗議的人群、全島連坐大逮捕、幾將島內精英屠殺殆盡，還有往後的無數白色恐怖政治冤獄，持續高壓統治，肅殺的戒嚴氣息極為森嚴。

在那「二二八大屠殺」全島嶼記憶猶鮮，高度戒嚴白色恐怖盛行的其時，普遍仍貧窮的島民，對這些穿金戴玉的菜名，覺神奇奧祕難以想像，更因著得到的訊息無從公開流通與談論，便延伸出種種關於這十二道「國宴」的說法。

啊！人們猜測「龍飛鳳舞迎新春」那「龍」，那事實上不存在的龍，一定意有所指，便很可能是蛇。稱作「小龍」的蛇，尤其少見的毒蛇一直是奇珍。

至於「年年高昇好彩頭」，有人以為必然是指「滿漢全席」裡至尊至上的「猴腦」——好「彩頭」嘛：

吃猴腦得在特製的餐桌上，桌上開一小洞將活著的猴頭穿過後鎖住，僅容猴頸大小，再將其手足縛於桌下，等於將整隻猴子固定於餐桌。

吃時僕侍將猴頭毛剃掉，食客則拿一旁備好的銀錐敲破猴子的頭蓋骨，再用銀刀撬開猴子的天靈蓋。

然後方用銀勺挖出尚活著的猴腦吃。

忽略、或基本上不能懂得的是，這以其飲膳聞名的古老民族，最特出的食色不全在魚翅、鮑魚、烏參、花膠、燕窩、熊掌、駝峰、猴頭菇這些特殊食材。

也在其細膩、精緻講究火候、鑊氣聞名：高湯得以老母雞、頂級金華火腿、干貝、大骨等慢火熬吊幾日幾夜才成；白菜不只吃菜心，還得在細嫩的白色葉片根端，以細針插上數百個孔洞，不僅截斷纖維更易入口，還有利高湯煨入增其鮮甜；一個三公分直徑的小小包子，得在中央的收口處以手工捏出十九至二十道摺痕，中心的開口稱作「鯽魚嘴」，圓而小有若鯽魚隨著吸水啵啵張開；一道茄子入菜要經過蒸煮炒炸料理之後，看來完全不像茄子才是上品……

依各個季節特有食材來作料理本也是要求，然深宮院內的皇帝后妃不見得享用到當令的美食。理由無它，御廚輕易不敢作這類菜，否則盛夏七月天主子要吃冬筍，砍了御廚的頭也變不出冬筍。

（人們基本上依聽聞中的「滿漢全席」，補充這穿金戴玉、神奇奧祕難以想像的「國宴」菜名，並專究於那些不易取得、神祕難解的菜色。在那高度戒嚴白色恐怖盛行的其時，一般人們少依中國菜的考究烹煮功夫來作設想，而朝向最奇異、嚴酷、不易達成的吃食，那各式「奇珍」來設想「國宴」。

如此好利於私下竊竊談論這少人聽聞、難以置信之「機密」消息——那個時代裡因為機密更利傳播。

保密防諜　人人有責。）

然一般人們並不清楚在這「中華民國」（Republic of China）的「國宴」菜單上，依照體例會附上外文，便可兩相參照：

五福臨門錦繡盤　Assorted Cold Dish

錦上添花慶圍爐　Shark’s Fin Soup

龍飛鳳舞迎新春 Sauteed Lobster with Diced Chicken
和氣生財大好市 Braised Dried Oysters with Seaweed
代代平安好福氣 Stewed Tofu Skins with Stuffing
牛轉乾坤行大運 Stewed Beef Tendons
年年有餘滿華堂 Sweet and Sour Fish with Lotus Seeds
長命百歲富貴菜 Mustard Greens in Chicken Soup
一團和氣金元寶 Dumplings Stuffed with Fish Meat and Vegetable
年年高昇好彩頭 Chinese New Year Radish Cake
全家團圓樂陶陶 Glutinous Rice Ball Soup
大吉大利慶豐收 Fruits in Season

由這外文菜單裡，基本上對所用的食材、簡單的作法可一目了然，也就是說，有能力學識懂得這高尚的外國語文便能一窺堂奧。所以吃中國菜不識英文的元首，光從菜單看不出他吃的究竟是什麼中國菜；但多半吃西餐少吃中國菜的元首夫人，卻可從她擅長的英文菜單得知吃的是什麼。

因而當元首吃著光看菜單不知是什麼食物的中國菜，元首夫人則看著菜單知道是什麼食物卻不知要吃的是什麼中國菜時，這不曾明說、言說（保密防諜　人人有責）的「國宴」菜單，便被（沒有影印機的時代）祕密抄寫流傳。

（然即便附上外文，這「國宴」菜單即便饕客食家，也只能憑靠猜測仍無從全知：比如，「五福臨門錦繡盤」指的當然是冷盤，但究竟是哪五道冷盤呢？）

2

在那往後想來十分不確定的年代裡，王齊芳一直有著這樣深切的記憶：

那被稱為「國」劇的平劇演出。

地點總是在叫「國軍文藝活動中心」的表演廳，鄰近首善之都台北的老城區，以磚和水泥蓋起的樓房堅固但造型簡陋，充分的「國軍」建築物風格。

所謂的「表演廳」採從日據時代以降的「禮堂」格式，希求一個場地既能開會（比如說開國民大會），又能充當晚會場所。從西方引進的鏡框式舞台，簡單的將觀眾席與表演區一分為二。成斜坡的洗石子地上擺滿座椅，但坡度不大仍相互擋住視線。

這個「國軍文藝活動中心」的表演廳成為「國劇」的固定演出場所，最初始的說法是為了軍中娛樂：「勞軍」。

（稱作「國軍」的軍隊，最早皆是由統治者自中國帶到島嶼。）

當然還有統治者遠從北方帶到島嶼的人，為了這總數不過佔全民的百分之十左右的人，「國劇」要繼續演出。而長時訓練演員的學校與劇團亦隨後產生，原島嶼人民以「台灣話」呈現的各式演出，則遭到禁止或棄置。

然到了七〇年代王齊芳來台北讀大學，平劇成為「國劇」為著的理由已明顯不同：

要恢復中國固有的傳統文化，要振興國劇。

那國劇到要振興的地步，當然是看的人愈來愈少。這以「國語」北京話演出的戲劇，能懂的人本來佔人口比例就不多。更甚的是一九四九年後在島嶼成長、生養的年輕一代，聽西方的熱門搖滾樂，不屑於這「老古板」——儘管是「國」劇也罷！

然其時的王齊芳相信政府號召：要恢復那偉大的中國固有傳統文化、要振興國劇（中國的毛匪澤東正以「文化大革命」在破壞那偉大的中國固有傳統文化）。

而王齊芳很快的真正著迷於這如此精緻的戲劇藝術。

啊！是啊！當那滿頭珠翠釵搖步移、娉婷婀娜的古裝女子，淺色羅裙遮去的雙足蓮步輕移，風擺楊柳環珮叮噹的來到舞台前，自白絲水袖中微露出纖纖玉手，手捏蓮花指一如花瓣招展，朝前推出輕輕一比。

她以為是對著她招魂。

（這不正是她整個的養成教育，她始自童小時背誦的詩詞的舞台重現?!）

是的，當她們以清越的假嗓唸出：

「落花如有恨，墜地也無聲。」

她怎會不解那自古以來女子們無以、無從訴說的冤屈與遺恨。

或者，斜插入鬢間的雙眉下吊俏的雙眼，頰上兩片長胭脂夾住一管瓊瑤玉鼻，櫻桃小口婉婉唱出：

原來姹紫嫣紅開遍
似這般都付與斷井頹垣
良辰美景奈何天
便賞心樂事誰家院——

（她稍後知道這叫「崑曲」，平劇的前身。）

王齊芳喜歡這更久遠前的崑曲。它有更繁富的身段、更多變的唱腔、更優雅的文詞、更緩慢的節奏。因而只能為文人雅士接受，無從贏得多數人民喜愛，最後只有沒落。

（沒落的豈不更是文化的精粹！）

3

終於，那「小時候看小魚逆流溯溪而上，就立志要救中國」的偉人元首，也會過世，進入了他的二十七個行館之一的「紀念堂」。

（也就／依舊是陳放破衣服、舊鞋、手杖……的地方。）

而死去的元首的遺體／屍身，一直都不曾埋在那義大利進口大理石蓋成的雄偉的

「紀念堂」裡，啊！不，遠從北方中國來的統治者並不想葬身島嶼，這庇護他四十年的所在。元首即便蓋了二十七個行館，他並不把這太平洋中的小小海島當成埋身的終點。

像許多元首／獨裁者／強人，他要人們保留了他的屍身，以防腐劑和低溫，置放於島嶼一處絕佳的龍穴。

對岸他的對手，那被宣稱為要「殺朱拔毛」的「毛匪澤東」，穩穩留在中國的戰勝者，還是為社會主義共產黨的領導，在間隔一年後死去。也同樣保留了他的屍身，只不過放置在稱作的「人民大會堂」對面的紀念堂裡。

兩具保存下來還要能「栩栩如生」的屍身，便一如他們生前戰場上的對峙，隔著台灣海峽，持續遙遙相望／對峙。只島嶼上的元首，保留下來了的屍身，一直未曾回家。

兩具保存下來不曾入土腐爛的屍身，在「人民大會堂」對面的那具還要在透明水晶玻璃罩內被「瞻仰」，不斷被注視，景仰帶好奇／懷疑的眼光審視它腐爛的進度，是不是那元首／獨裁者唯一需要露出來被看到的臉面上，豐滿的面頰又開始陷落、發黑，是不是又有屍斑爬上已然經過彩妝的皮膚……

便需要將遺體／屍身降入地下重新處理。

而在島嶼的這具，不曾封在水晶棺中被永遠瞻仰，然他的屍身不曾埋入土裡，仍隨時要「反攻大陸」、要能運轉回家，回到他中國的老家。

用的便是一種叫「暫厝」的方式，將屍身放入銅棺中，再將停棺不曾入土的屍身，置於風水師精選的島嶼龍穴——為確保後代子孫繼續千秋萬世的統治。

幸運的是，「暫厝」島嶼龍穴的元首，有生之年在小小的島嶼仍保有他自中國帶來的「中華民國」（Republic of China）稱謂——在一九七九年前，「中華民國」（Republic of China）繼續代表「中國」存在於聯合國。

而一定的國家體制體例，仍在小小的島嶼、在「中華民國」（Republic of China）執行、運轉。

會不會有什麼東西失落了？

失落的會是那灰撲沉舊的氣息？那在島嶼「國軍文藝活動中心」終年累月不斷演出的「國劇」平劇，四十年來因為遠離中國、不再有家國可以憑藉，記憶怕散失在一天又一天的新到臨日子裡。於是——

啊！所有的一切都需原封不動的保留（不是要保留故有文化?!）。

於是，不敢稍改的衣箱、絕對不敢動的舊制、不敢輕忽的文武場曲牌……務求一切都原封不動不曾稍作更改保留最傳統的形樣風貌。

（是不是可以問：他們熟記了多少的舊戲？多少的舊制、舊有的規矩？舊有的形式？

難道他們不曾疏漏、不會模糊、也不至遺忘？）

啊！王齊芳很快會發現，這關於「國劇」平劇，被集體的記憶保留。並非單一、個人的事件，而是有一整群的人從演員、樂師、龍套，當然還包括觀眾、有研究的學者專家，他們當然都來自那對岸的中國，他們相互比對，也許有些時候會有不同的意見，然整體形成的記憶，的確較不易出錯、模糊與遺忘。

他們嚴格的守著這些舊制，他們藉著記憶招魂。

那叫「國軍文藝活動中心」的表演廳，於每個晚上七點半開始演出，夜夜不息年復一年，在高度戒嚴的四十年裡幾不曾間斷。持續的每個夜裡招來滿屋滿堂的古裝人物，豈只是鬼影幢幢，根本就是立時就地的復生，就是連夜深戲竟人群散去，仍聚留徘徊。

歷史緩步前來俏生生的立於眼前。

（即便是站在劇場的舞台上！）

又有多大的差別嗎？那「國劇」平劇伊始於明朝，舞台上的人物沿用當時人們的穿著，於是唐朝的貴妃楊玉環（那被歷史歸罪是讓唐玄宗寵幸，「從此君王不早朝」至引發「安祿山之亂」的豐腴美女）便身穿一千年後始見得到的衣裝，在舞台上「貴妃醉酒」。

更不用說那漢明妃王昭君，她會穿著更久遠後，也就是一千五百年左右後才有的斗篷衣裝，辭別漢家天子，為了積弱的國家安全前到匈奴去「和蕃」。

而這些曾經真實存在過的歷史人物，不管是唐玄宗、楊貴妃，漢明帝、王昭君，或西楚霸王、虞姬，在混亂的時間、在重疊的空間，穿著一身錯置的衣裝，出現在遠離中國中央幾千里之外的蕞爾小島（中間還隔著海峽）的「中華民國」（Republic of China）。

然他們身上標示著那千真萬切流傳的傳統印記：

中國!?

在每一次的演出復活，在每一夜大幕垂下後隱去。

誰又能說他們不是仍聚留徘徊?而歷史緩步前來俏生生的立於眼前，就在這小小的島嶼。

然有「專家」對這「國劇」還作如此解釋：

真正懂得的人，是閉著眼睛在戲園子聽戲的。

(可曾聽聞為要能靜心「聽」戲，不惜刺瞎自己的雙眼?)

那「聽」戲方是行家的詞，可是如此要舞台上繁富的作工、身段、武打、場面作什麼?這盲眼的戲得純粹抽離到怎樣?當耳裡傳來幽幽嬝嬝的唱腔，是不是光閉上眼睛阻絕掉視線內的舞台場面還不夠，還得摒除去眼前浮現的演出影像?

這閉上眼睛「聽」戲要聽的可是什麼?

在那白色恐怖盛行的高度戒嚴時期(保密防諜　人人有責)，有關那神奇的「國宴」，一直有這樣奇特的傳言流傳：

「國宴」裡所有的魚是不准有魚頭的。

(可是在那浩瀚的中華美食經驗裡，魚最被推崇的莫過於頭。這被認為集滋養珍貴好吃於一身的魚頭，因為只有一個無從分享，更得是懂得品味的座上最尊貴的客人所獨享。）

而在那國宴中，所有的魚頭都不准上桌。

（是怕只有一個魚頭不知要給元首或主客？）

那上桌在盤子裡的魚頭有兩隻翻白的眼珠，煮熟了的魚是否魚眼爆出，是觀察是否活魚現殺現煮的重點指標。被剖腹取出腸肚的魚還能活著，等到被置入滾水燒旺的鍋中，高溫的水蒸氣衝入魚的眼珠，啵的一聲爆出活魚的雙眼，不整齊的掛在眼眶周遭。活魚在滾燙的水蒸氣中扭動，也會使魚身與魚頭略有參差。簡單的講，一尾上桌在盤子裡頭尾平整形樣美好的魚，不會是最鮮美的現殺現煮。

（在西方國家的魚市場裡，甚且無需要求，魚販即會將魚頭去除丟棄。）

那眼珠爆出的魚頭，可會嚇著了國宴中權傾一時的國君、總統以及尊貴的夫人們？

（可是他們能在此成為座上客，不也都經過一路血腥的殺戮！真是眼珠爆出的魚頭即會嚇著他們？）

啊！在宴請美國總統的國宴裡，可有著「陳皮蒸藍斑」這道菜。用的「藍斑」一定是最珍貴的魭鱈。或者不管是稀有的斑魚，七星斑老鼠斑紅斑，一定會是活魚現殺現煮，上桌時一定魚身不會平頭整尾。

更多的處理因而必要。

可是如何處理呢？

（保密防諜　人人有責。）

4

那將屍身放入銅棺中，再將停棺不曾入土的屍身、置於風水師精選的島嶼龍穴「暫厝」的遠從中國來的統治者，讓兒子成功的接班成為繼位者，元首兒子繼續統治十幾年。

繼任者的元首兒子，往後也還要在稱作的「美麗島事件」中，逮捕了幾千人，最後定罪了數百人，刑期總數高達六百多年。

然終有一天，繼任者的元首兒子也要過世，這島嶼上新的強人（不管用什麼稱呼）的屍身，與他的元首父親一樣，不曾埋入土裡，為要隨時能運轉回家，回到他中國的老家。

用的也是「暫厝」的方式，將屍身放入銅棺中，再將停棺不曾入土的屍身，置於風水師精選的島嶼龍穴——為確保後代子孫繼續千秋萬世的統治。

事先的防腐當然十分重要。

那技術據說來自俄國人，高喊「反共抗俄」的其時，元首和繼任的兒子都藉由俄國人的防腐技術保留了他們的屍身。然不同還是有的，在元首進行防腐的時代，得在屍身上打四個洞，以利抽出體液打入防腐劑（不會俟元首一斷氣、身體還尚溫暖即進行放血，所以得在屍身上打四個洞吧！）。

到了繼任的兒子，防腐技術進步了，只消在屍身上打兩個洞即可。

而那注入防腐劑的兩具屍身，放入抽光空氣的銅棺裡，更不曾入土為安「暫厝」於風水師精選的島嶼龍穴。那不曾被島嶼蠕蟲啃食被蟻蛀的屍身，不曾被荒煙漫草墓地的蛇在血肉消蝕殆盡的骷髏頭眼裡穿行的屍身，在銅棺防腐劑和低溫中被孤立了起來，是不是像那喪葬中最令人們懼怕與厭惡的「蔭屍」，不乾淨、不潔與不吉，百千年不爛的屍身是為永恆的詛咒。

且那風水、龍穴的影響畢竟或才要慢慢顯現？元首的兒子繼任十二年，得以壽終正寢死在床上。然元首的孫子就不曾如此幸運了，他們不僅不曾繼續千秋萬世的統治，還在短期內紛紛死亡，形成一門七寡、後代缺男丁。

風水師們在島嶼隨後的民主化、終能暢所欲言，這時紛紛改口：那「暫厝」只停棺不曾入土，無從接引地氣因而承接不起龍穴的帝王命脈，可說功虧一簣。

（如果當時屍身埋入土裡就好了！）

篤信「心誠則靈」的風水師們則感嘆：天下沒有取巧的事，不能又要利用島嶼的龍穴，又不肯埋在島嶼的土地裡，隨時準備好離棄這片土地回轉家鄉。

一般咸信，是為了往後的歷史地位，繼任者的元首兒子，在高壓統治島嶼的最後幾年、在臨近死亡前，宣佈解除戒嚴、開啟海峽兩岸民間互通。

海峽間隔的兩岸在隔絕四十年後重又回復往來，對於王齊芳，那叫「中國」的不再只是過往歷史、地理課上的名詞，不再只是書本上的文字記載，舞台上「國劇」的演出，成為真正可以到抵的所在。

她便會有機會看到過往一向羨豔的中國「京劇」演出，那過往在島嶼只能熱切渴望的中國最「正統」的「京」劇。

是啊！那中國同樣以國家之力，在「京」劇原生長的中國土地上，培養了不少國家的一級演員，這些演員不論唱、作、唸、打都是一流，他們的功夫深厚台風穩健情感控制得宜。

王齊芳會看到精緻的連台好戲，在最好的劇場、一流的演員、一流的場面、一流的工作人員搭配。

可是，她清楚知道很多東西失落了。

事實上是那生養了「京」劇的中國，一直十分有信心的在改動這來自他們土地的中國傳統戲劇。那著名的主席夫人先是在文革期間，將數以千百計的戲曲，改成了僅有的八齣「樣板戲」。「改革開放」後，對傳統戲劇，仍大加改動。

（還一直不吝加入「中華人民共和國」建立後的雄壯威武、陽光朝氣富生息正面形象。）

為此得加快節奏大段的唱腔被拿掉，實門實物假山假水機關布景，出現在原只用一桌一椅作高度象徵、基本上空無一物的舞台上。

帝王將士、布衣卿相、才子佳人、江洋大盜、姦夫淫婦市井小民等等各式角色，基本上依樣存在，只有來自異界的角色與女人最容易遭到竄改。

（他們害怕什麼？害怕改變的可是「歷史」？）

卻也因此，那錯穿千年後才有的衣裝的楊貴妃（唐朝的皇妃全身嚴嚴的包覆在明朝對女人身體的嚴格控管中：立領遮去脖子，白布束平的前胸還要罩上褶子，讓雙乳全不見蹤跡，長裙遮去雙足，水袖連指尖都得掩去。）

回復了袒胸露背的盛唐之裝：

以豐腴稱著的楊貴妃，「溫泉水滑洗凝脂」下的印記，她的唐朝衣裝不僅能裸露手臂，還能露出大片的酥胸與脖、背。

於是紅磨坊式的羽毛加在楊貴妃中國的絲質長衣上，亮片釘滿為國家遠嫁「和蕃」的漢明妃王昭君披風上，塑膠花朵頭飾滿插皇后娘娘頭上。

他們不怕改變的是替女鬼裁製了新衣，將藍色粉紅用在衣裝上，以烘托出她們潛藏內裡的渴慾，她們不再全身素白，淒絕美絕的經典形樣不再。還將黑色薄紗罩在女鬼頭上以示冥界。

（那中國人的喪禮用的是白色而非黑色，如今則學習西式，以黑色為主。）

他們讓鍾馗不再在舞台上噴火，說是要破除迷信；還為著要在舞台上打適合各種時空的情境燈光：夜晚（藍色）、閨房（粉紅色）、嫉妒（紫色）、戰爭（紅色）……

「撿場」也是立時被取消（怎麼可以有個未裝扮的人，穿行於台上）。即便有的鍾馗還噴火，只有孤零零的落單於舞台上，有若乩童與桌頭的冥界與人世雙生關係，全然被阻斷。

（那穿西式黑、紅衣裝的女鬼與不再噴火的鍾馗，不再詭異神奇，便失去了恍若真能溝通幽冥的神祕法力，又少了「撿場」穿行於人間的助力，明顯只成舞台上演員裝扮的角色。

就只待舞台燈暗，下戲。

從此一切不再。）

是為佃農之子，父親曾是甲級貧戶的民選總統，以台灣主體意識與認同，上任後的就職典禮「國宴」上，即改動了「國宴」的菜單。

（那「國宴」是自一九七九年來已經不存在的「中華民國」（Republic of China）尚存的最後一道圖騰？）

從來不曾對外公佈的「國宴」——保密防諜　人人有責，那五十年來人們一直以慈禧太后每日餐桌上擺滿一百零八道菜，以「滿漢全席」來設想的至尊至極「國宴」，怎容更改？

不少隨元首自中國撤退來台的人們，更是發出極大的批評。

批評在不滿「國宴」加入島嶼的菜餚與食材——這些基本上是被認為不入流、上不了檯盤。只有「地大物博」的中國大陸方有珍貴食材、只有以美食聞名於世的「中國菜」，方足以作為「國宴」。

民選總統更改的「國宴」除了原有的「中國菜」，加入來自島嶼四處的島嶼菜餚，有風土小吃也有大菜。這「國宴」除了作為那事實上早不存在的「中華民國」（Republic of China）的「國宴」外，也用來招待島內的平民百姓。

島嶼東部的著名「鴨賞」、「膽肝」等等都加入在「國宴」內。

那「膽肝」以豬肝為材料，肝臟極容易一煮就老硬，不堪久煮，如何能使外在調料入味，又不能長時間慢滷以便汁浸味侵，便各有諸多講究。

那著名「膽肝」的祕密神奇作法一向傳子不傳女、傳媳婦不傳女兒，以免祕法外洩——保密防諜　人人有責？

數百斤重的豬，豬肝會有兩、三斤，為了要能「入味」，通常將豬肝事先浸泡在祕法特調的滷汁裡。然整副碩大的豬肝光靠浸泡，特調的滷汁仍難深入內裡、只有外緣能夠著味。

便要靠特殊的方法讓滷汁能完全進入。

最好是經由豬肝內無所不在的血管，但要如何讓滷汁進入呢？首先要在放血殺豬後立即取出整副豬肝，將血管裡面尚未全然排出的血液放盡，才有空間能容納滷汁進入。

否則血管裡的血凝固，大羅神仙也沒辦法了。

接下來要灌入特調的滷汁，更要趕快，血管裡面的血一流盡，空了的血管可能會萎縮塌了下來，同樣灌不入滷汁。

現在有機器幫浦，一面要抽出豬肝內的血、一面要灌入滷汁並不難。但在以前，作「膽肝」的人便要身懷絕技。

靠的是一張嘴，嘴裡含滿滷汁，再一口一口的將滷汁「吹」入豬肝的血管裡。會「吹」滷汁的人除了要有力氣肺活量大外，「吹」好的豬肝裡灌滿滷汁，足足要比原來的重上一倍呢！

而童小時即聽得這故事的王齊芳，許多年後始終忘不了那揮除不去的想像：橫躺在地上肚腹被切開的豬仔，露出勃勃跳動的巨大心、肝。有一個人，分辨不出是男人、女人，嘴正對著一口一口的「吹」入著什麼。

（轉過來的那張臉，可會是誰？）

海峽兩岸有了更多相互的往來後，島嶼的人們方要發現，在那「小時候看小魚逆流溯溪而上，就立志要救中國」的來自中國的元首，即便他還在中國大陸統治的其時，那「國宴」事實上已非想像中的「滿漢全席」、一百零八道菜。

已改為連同甜點與水果共十幾道，基本上是十二道菜。

（民選總統的「國宴」縮小為連同甜點與水果共八道菜。）

一般人們原寄望「國宴」會有的山珍海味，奇珍異獸，事實上從不存在於這建立於二十世紀初期的「中華民國」的「國宴」。所以既沒有熊掌、駝峰、猴腦、象鼻、飛龍（松雞）、四不像唇，也不會有猴頭菇、淫羊藿、冬蟲夏草……

最早期遠從中國來的統治者，會以梅花拼盤、原盅排翅、叉燒火腿、揚州炒飯、八寶飯等，作為「國宴」菜單，統治者的兒子則以干貝芽白、金魚餃、四喜花餃、松鼠黃魚、八寶肥鴨、北平烤鴨等作為「國宴」。

所用的食材不外魚翅斑魚干貝龍蝦牛排，在富裕起來的島嶼人們心中，雖算得上昂貴卻絕非不可企及。

破碎的豈只是人們對「國宴」的想像！

（民選總統還附和了環保團體保育觀念，不再於「國宴」上魚翅湯。）

島嶼在累積更多的財富，達到大多數人普遍的富足，多數的人知道「元首不吃西餐」，究竟不吃什麼後，人們終能體會：「國宴」宴請的俱是極盡尊貴的外國元首和夫人、使節和夫人、重要貴賓，多半是外國人（才會是「國」對「國」的「國宴」）。

為了讓客人盡歡，「國宴」上的基本上會是外國人吃得了的中國菜。餐桌上擺設筷子外還附上刀叉，除了醬料略有不同，整塊的魚排肉排，為適合貴客口味，與基本上是切細後再烹調的中國菜，手法明顯不同。

人們還聽聞，整塊的魚、肉，方便在衛生上的管控。清潔乾淨衛生，不讓貴客吃出問題，是最首要考量（保密防諜　人人有責？）。

人們不免要問：那曾存在、之後消失的「中華民國」（Republic of China），它的國家體制體例、深宮的規矩也只是如此？

5

王齊芳便說她是長在傷痕的年代，至於創傷，則當然是有的。

（那年代記憶中的「國宴」，才會滿是各式恐怖的印記。）

即便多年後島上步入自由化，成為民主國家。然自一九七九年「中華民國」（Republic of China）被迫退出聯合國，由「中華人民共和國」（People's Republic of China）取代，島嶼不再被國際間認可作為一個「國家」。

「中華民國」（Republic of China）於今事實上並不存在。

王齊芳不得不承認，只有在那兩任強人元首高壓統治的四十年間，小小島嶼曾確實作為一個「國家」存在——一個有「國宴」的國家，一個有單一國劇的國家——不論喜歡、認同與否。

而那國家就叫作：

「中華民國」（Republic of China）。

而沒有人知道，接下來那島嶼上所謂「國」宴的菜單（「中華民國」事實上已不存在），將會以何種形式出現。

終生終世裡她都不會忘記，曾經，在黑暗的劇場裡遠遠望去，那小小的閃著昏昏微光的舞台。

要直到許久許久後，當她能踏上中國的土地，而中國不只是教科書上的名詞，並看到了中國「京」劇後，她才終會發現：

在那高度戒嚴的四十年裡，在遠離「中」國的小小邊陲島嶼，沿用「中華民國」國號，在首善之都名喚「國軍文藝活動中心」的舞台上，事實上他們真正的保有過那民族的歷史精華，他們用他們的方式，真正的發揚了那偉大的中華文化最後的一刻，來此作告別演出，從此燈熄人散過往歷史不再能重複，重複的也不再是相同的面貌。

那小小海島的確是用它的方式保住了這歷史的最後片刻，往後即不再重臨的最後餘暉，迴光的最後反射。

帶著蒼涼的手勢。

就此不再！

合 The End

Menu Dégustation

她真的是在飛機到抵，於返家路上的車子裡，發現自己開始來了洶湧冒出、血量驚人的月經，一下子全沾濕了內褲。

（她曾在多少寫壞的文章裡看到這樣的描寫。）

然這回卻是千真萬確，真是在飛機觸地、在到抵島嶼的土地後，那月經奔流而出，恍如它亦要求著要到來。

她回頭後望，那遠方的城市似乎方始真正的開始遠去。

她是回到了家。

1

王齊芳出發去那遠方的城市為著一個和平會議，籌劃經年、在那素有「花都」之稱的歐洲都市舉行。只有旁人、更正確的說外國人安排的會議，才會選擇在這個時間點。

那是島嶼四年一度的大選到了最後關鍵的時刻。

她這一離開勢必不能投票。在選情如此緊繃，連散居在全世界各地的島嶼居民，都紛紛回轉就為投下那「神聖的一票」時，她的離開，無疑極容易被認為不夠愛——愛國、愛故鄉、愛這塊土地。

先前她只知道他受到邀約，卻不知他是否會出席。在得知他確定將在大會中作一場演講，她很快的作了選擇。

只有在這次會議中她方有機會見到他，而且如果她運氣夠好的話，他或還願意和她談談，她便有機會能寫成一篇報導：

令人尊敬的最後異議分子。

青少女時期王齊芳即自父親口中聽聞過他，不僅僅是父親，應該說是所有那階段的「黨外人士」，都尊敬他為「神主牌」——那異議分子可以有的最崇高的位置。

之後成為一個文字工作者，能近身採訪到他，更是王齊芳以為最大的榮耀。即便政權和平輪替，台灣有了爭取得到的民主，他，以及他那一代人的事蹟，在反對黨於今執政後實際的卡位、政治運作、治國下，基本上已被淡忘，更確切的來說是不在意。

但也因此她更迫切的想要能訪問到他。

離投票的前三天她飛離島嶼，選戰正到最後的肉搏近身廝殺，雙方陣營所有的攻襲、抹黑都出籠。一般研判這將是一場難得一見的「割喉戰」，雙方的輸贏會在極小的

一、兩個百分比。

她如常的到了這個她在隆冬時分方為不同緣由到來的歐洲著名都市，人們口中稱為的「花都」。

也在那和平會議中見到他。

他較她以為的年輕許多，更正確的說是少見歲月的痕跡。從他的生平（紀錄中為人所知的），他應該有五十大幾，可是他的臉面如此無瑕的光整，襯得清俊的眉宇有著那樣令人難以逼視美，是的，美。最早先，他原就是反對運動中人人稱道的著名美男子。

（她不能不想到，自那「事件」後，是否他的容顏就此佇留!?）

然當他從會議桌旁站起身，她又是另種更絕然的震驚。

她清楚看到他腋下支撐著柺杖、整個身軀歪扭向左傾斜。他的左半身因著受到嚴重的毀損而收縮，左腳甚且不曾著地只虛虛的在柺杖前行中晃動，而他的右半身也並非那麼勇健能撐起全身，使他每朝前一步都帶來左右兩邊身軀一陣抖動，如同痙攣般。

然在這歪扭不齊的有若錯置的軀體上，兀自仍有著那張光絕耀亮的臉面。黑柔而微卷的長髮散留在高潔的前額，大而深的眼沉沉的光耀，嘴角仍微上揚的薄唇血色全無。這看不出年歲、時間恍若在此佇留的臉面，便真成為遺世獨立——獨立於時空、甚且獨立於自身曲扭軀體之外。

盈眶熱淚中她快步朝他走去，雖然在讀過的資料中她知道他應會有的狀況，可是真正見到他仍帶給她如此震驚而至她心口強烈的跳動、衝上腦門一陣眩暈。

接下來還要發現，他整個人較她以為的矮小許多，資料顯示他曾有一百七十四公分，如今，他整個人縮小的可不只一圈。

她伸出雙臂高度即可輕易擁住他的肩背，瘦弱輕薄一如在冬天衣裝下即將消散。

她的心中有某些東西被觸動了，她不知道對他的愛意是否就此萌發（抑或始自他作了那驚人的壯舉？）。只隨著時間過去，她清楚感到愈來愈強大的、勃發在體內竄流的愛，衝撞得她動搖暈眩。她知道那是愛，許久不曾感受到的強大的愛，不用分辨也無需認可，那就是——

愛。

那城市便如同那突現的愛意，以無比絕然的巨大之姿臨現於她。

一定是有雨，那春天本來就易變何況連日來天色並不開朗。她一定是先感到那縈身的愛才知覺到那雨，也不知何時下落，當她發現時地面全濕天卻只有陰色的霾。

那雨可是瀟瀟的下了整晚？雨濕的氣息一如她對他無盡的思慮，周圍環抱，再下落於因時差而不曾寧睡的夜夢斷落，才會如此的點點滴滴、整夜的俱是在心口。

為著確定是否還落著小雨她打開旅店的窗，轟的市囂一下子撲迎而來。

她居處的旅店在那著名的教堂旁的小路裡，採希臘廊柱式風格教堂，因為沒有高聳的尖塔作為遠處向望的指標，其實只隔著短距坐落在轉角處，一經群屋阻隔便真的是咫尺天涯。

她來過這著名的城市多回，一向依靠著地圖辨識，她先從地圖上有了著城市的配置、東西南北、河流流經的走向（著名的河左岸、右岸）、浪漫稱著的「大道」貫穿、鐵塔、聖母院……她將自己置入地圖上的定點，再以此作為自己身處這城市的所在。

儘管她總不免感到虛妄，她在故鄉的城市裡從來分不清東西南北，但她到得了所有的地方。她有這遠方城市的明確地圖，也知曉自己所在的位置，可是她卻常常迷路。

（當她看到遊客在她家鄉的城市拿著地圖找路，她同樣有這種虛妄的感覺。）

然她只能惘惘的思及，也在這都市的某一個未知的角落裡，會有著他的居處。他這些年來真正是過著隱遁的生活，除了向外連繫的電話，她居然多方詢問不到他的住址（或是他已然不再被記憶，連同他曾為著付出慘重代價的當今執政黨都不再重視？）。

她便連依著地圖循向知道他所在方位的機會都沒有，更遑論找著。

百無思緒中她打開房內的電視機，只有少數幾台，講的都是她不熟悉的語言。她很快找到CNN，電視下方英文跑馬燈，一長列英文字寫著台灣總統候選人遇刺的消息，而槍擊案狀況未明。

她一直忘不了那一瞬間那種驚恐。

她便一直守候在電視機前。

那三星的旅店雙人房，又並非在最極度的市中心，有著一定的寬敞。她先是坐在床上觀看電視，接下來坐正在床旁小桌的椅上盯著那螢幕，她還開始打電話，遠方的家人同樣坐在另外的電視機前，告訴她他們得知的消息。

她感到迷亂。

除了未經證實的小道消息，她發現在事發當地的家人從電視機前得到的訊息，與她在相隔六千公里外異鄉旅店看到的電視，基本上一樣。這只更加重了不安，那事件便好似經過兩邊雙重的證實，愈發有著令人毛骨悚然的真實。

她不再打電話，只困守在旅店的電視機前，好似在一個不熟的頻道、經由一個外國人以英文播報，那真相有著距離會變得較好接受些——至少那非母語的英文聽來不至那般沉重的真實，總還有著語言隔閡的空間容得下變動與差異，她或還有機會告訴自己並不曾聽清楚。

而數千公里外，她的國家第一次發生這樣驚天動地的事情。過往會有議事殿堂上打群架、國會議員跳上主席的桌上、大型的群眾運動棍棒齊飛，然最嚴重的也僅止於丟汽油彈，從來不曾有真正的槍械上了政治的場域。

由著時差，那島嶼白日內發生的事於這遠方的城市只是上午，是為上班的冷門時間（離晚間新聞尚遠），以即時新聞稱著的電視台，便有了篇幅給這偏遠小島的元首暗殺新聞。

（到晚間新聞，便只剩短短的幾秒。）

她便有若希望，這第一次從未曾設想過的變動，她是在遙遠的數千公里外，由電視螢幕看到。她還告訴自己，如果留在故鄉，事實上也只會是由電視螢幕上得知訊息。然於一再重複的於整點新聞看到這暗殺消息，新的焦慮攏上：

事情惡化下去，她是不是至此將無從回轉家鄉？

（她害怕著什麼？她不是無論如何都不會在現場！）

她守在電視前直到 LIVE 現場確定候選人生命無礙，選舉繼續進行，只是最後一日的造勢晚會暫停，才趕往會場。

那下午他將有一場小型的講話，大會安排好幾個子場同時舉行。她到會場時人不多，也只有少數關於槍擊案的談論。似乎就算和平會議，那遼遠小島上不曾造成致命傷亡的槍擊案，即便才發生，也不如既定的主題：恐怖攻擊、火車炸彈、以巴糾紛。

她在台下隔段距離的看著他，他的臉容平靜、甚至有一種遙遠的神采，好像有一部分的他自己佇留在另個未知的定點，需要時方將它招回。愈發使得他美好的臉容脆弱、要得十分小心珍惜，免得下個剎那便不知要流逝至何處。

他說話的聲音破裂而嘶啞，有很重的氣音（在那「事件」中胸腔受損使然？），他的句子因而簡短但更有著不可分說的絕然：一種淬鍊過後的單純真實。

然他對自己口中說的愛與和平，似乎並非那麼在意（特別在剛發生那槍擊事件，他談的愛與和平事實上已然不切實際的反諷）。她只覺得他整個人已遠遠的離開這些，去到了另個未知的所在，清淡而飄遠。

是真正放下了一切，還是他根本再也無能力觸及？

（那島嶼爆發的政治與權力角力日新月異，他果真已然「過氣」，甚且不再被追憶？）

那一整早上槍擊元首的震驚仍有餘悸，而他過往對島嶼民主有的捨身貢獻，愈發有若天地之間，只有他們兩個倖存著，獨立於島嶼的連天烽火之外，只剩下他和她能相互依靠。

那終點盡處相互間只有彼此，糾雜著對他的憐惜，激盪著的愛意更加膨發，與他之間任何的接觸都足以驚心。自身因此有若散發出千千萬萬縷探觸的神經元，飛舞飄搖而至整個人恍若膨脹開來向四方的空間索求並且散發——愛。

（那愛果真需要更大更擴張的自體？傳說中的蛇髮女妖，飛舞四射的蛇髮得如此激越昂揚吐信探觸搜尋的，為著的不也是自身無從包藏住的激烈情愛，只有任其伸展擴張四向張揚！）

於波潮洶湧的激烈情愛中，到來了那槍擊事件後的選前最後一夜。由著時差，她還能無需熬夜守候，依在地時間入睡的早夜，已然是故鄉新一天曙光的到來。

她在因時差斷裂的眠夢中倏地驚醒，如常的不知道自己置身何處，不是家，可是又在哪裡？只這回意識很快拼湊，她反射性的坐起身拿到臨睡前置於枕頭旁的遙控器。

旅店窗外高緯度的北國，天敞敞的亮，然衛星電台即時連線的螢幕是島嶼黑暗的夜，等待開票的不安延伸滲出那方小小的螢幕，黑暗與白日昏昏的全混了在一起。

她還顯然的無處可去，她是囚於那旅店、那有「花都」之稱的美麗都市裡，而囚禁她的不是空間的大小，而是距離——橫隔在她與故鄉之間的六千公里長距。

她最後還是由房間內電視上美國採訪記者口中，確實受槍擊的總統再次贏得選舉，然以極微小的票數差距。

時候已是當地時間過午，她這才感覺到虛脫般的飢餓。

之後她告訴他，她只是暫離電視機外出胡亂的吃了點東西再回到旅店房間，反射性的再打開電視機，看到落選一方的總統候選人臉面一片烏黑，宣佈選舉無效。接下來抗議的群眾叫囂與火光妖異的火把，渲染了詭譎的不安，終點盡處末日到臨似的。

「我以為接下來會發生政變。」她憂心的說。

他倒是極難得的開朗但又帶嘲諷的笑了起來：

「還記得我們過去作過比這樣激烈許多的抗爭?!」

她順服的點點頭。

「不是沒發生什麼立即的變化嗎?」

她總揮除不去忐忑不安。

會議持續進行，他或出席談話或坐在人群中傾聽，她便有機會在這幾天持續的見到他，她開始明顯的感到自己的恍惚，只消有他在場，她便整個人處在驚覺的狀態。

她心疼他不僅在家鄉不再被記得不再被重視，即便為著理想軀體受此巨大磨難，也並不曾使他在這一大群來自世界各國西裝革履、或穿自身民族服飾的代表中，受到特別的禮遇或對待。

雖然她早知道，曼德拉與台灣的異議分子同樣坐三十年牢，在國際間受到的矚目完全不能相比。小小的島嶼自我認定的「中華民國」、或者「台灣」在國際間並不存在，它的島民壯烈的舉動也得不到重視。

她為他心酸的叫屈，但他只那樣淡然牽動嘴角的笑，反倒安慰的凝望著她說他得知她寫小說，很希望多和她談談這方面。他年輕的時候也寫過一些東西，很快知道自己不行就擱下了。

她隱忍住來到眼眶的淚，方不曾掉落。

她在餐後、在往來會場之間，只消有時間便捨棄交通工具而寧願走路。或者向晚一天會議結束，她在那華燈初上的市街上穿行，遊蕩一如魂魄。她並非希圖或許因此與他在街頭巧遇（他的身體狀況怎可能讓他在街上出現）。

她巨大的愛不僅膨脹了自身還遮掩了她的雙眼，在這都市條條筆直的寬敞的大道上，她不能自已的要一再感到，她大張而有著視若無睹的雙眸中滿是漫天星月，她幽幽乎乎的穿行其中，而整個城市在她身後逐漸隱去。

那城市於她來說便真只有「勾魂攝魄」可以比擬。她從不清楚也無從仔細分析，何以竟會有一個城市對她有如此迷魅的影響與操控，以最絕然的美麗與一向被稱道的無比浪漫，不管是否是場「流動的盛宴」，無時無刻的不在她的意識中繽紛、色彩流動的存留。

（那城市果真是那蛇髮女妖，怒張的滿頭蛇髮一如那無盡的陌生又熟悉的街道，讓她有若穿行最瑰麗、卻時時刻刻隨著蛇髮揮舞變動的迷宮。

而那城市無疑的勾走了她的魂、羈留了她的魄。）

然另一方面，她明白自己置身其間正走經的城市所在，不管是廣場、大道、河堤岸邊、教堂，可是她感覺不到它們的確實存在。

也一定有人群，男的女的老的少的大人孩子，從她身邊穿行而過，她的眼中看到他們，可是他們的形樣無從在她的視覺中佇留。是的，有人，而且有不斷的人群，可是於她毫無意義。

她的視線穿越這似乎不存在的人群、穿越這城市的古老建築，下落在她也不知曉的何方。白日裡這城市的一切聲影俱在，反倒不容易凝聚清楚物項。然到了夜裡，黑暗掩去了所有線條，城市成為塊狀拼貼，燈光攏聚了璀璨的輝耀焦點，她這才有了較清楚的視線。

是黑暗減除了特色、差異不大的燈光方使她覺得這城市如此熟悉？

還是，懷著對他無盡的情愛與思念，她的愛膨脹了自身成為如此巨大（她自己便是那蛇髮女妖），而至整個城市容不下其他的一切，只有任憑她獨自存有，她方會如此的視若無睹。

是她獨自佔有了這城市。

她便不能自主的要相信，在生生世世的宿命，她一定遺失許多前世的自己在這城市中，方讓她只消行走於其中，覺得如此熟悉。有若有著種種的自己陰魂不散替代的出現，而至滿城滿市都是自身幻影，環伺著等候著，與她在每個街口、每個轉角處相遇相逢。

（那城市無疑的也勾走了她的魂、羈留了她的魄。）

便於是——

只有自己百世千年來一直行走在這暗夜裡璀璨的城市，而其他一切的宇宙洪荒、繁華歷史，俱灰飛煙滅。

然那不為尋覓也無從尋覓的徘徊，終只一無所獲。千百年來、數千里外，她早失落他在那霧濕迷離的早春街道。百世千代後，他們或將能再次重逢，那時候他們或還會記得彼此：閃掠過他黑色眼瞳中的閃爍寒光……

而她之於他，又會是怎樣的印記？

（或一切終只是徒然？）

她覺得冷，在整個旅程中一直覺得冷，事實上她剛在更冷的十二月天裡來到這城市，並不曾覺得如此的冷。其時時節已進入春天，她卻要一再的感到如此寒冷。

（是因著預期？她往後還很快的要再感到冷，那是當她回到她位處亞熱帶的家鄉台灣。四月的島嶼原該春暖花開，她也脫下在北國厚重的外衣，準備迎接暖熱的潮濕氛圍。可是島嶼少見的冷春在四月裡高山還飄雪。

她有著重重的不可適應，而至恍若兩個國家不同的春天都同樣欺騙了她。）

無論怎樣於那城市中穿行，從歌劇院走過廣場行過河畔直走到義大利區中國城，她終還是會回到旅店。於那房間的電視上，她一再看到，敗選的總統候選人與數十萬聚集的群眾，圍聚在總統府前不散，夢魘般的在她因時差而不能寧睡的夜裡，一打開電視機（她又不能不看）即出現：

刺耳的喇叭、搖動揮舞的旗幟、一張張激烈嘶喊憤怒而扭曲的臉……

白天在會議場上見到他，她仍在感到可能政變惘惘的威脅中，不安中求助於他。

「這麼多群眾，這麼多天聚集不散，會不會出什麼問題？」

他笑了一下，牽動他那美麗但血色全無的唇，沒有答話。

「中國會不會藉機來打台灣？他們不是說幫我們平亂。」

「應該不會。」

他回答的語氣審慎，那片刻裡她有一種直覺的懷疑，也許他對台灣當前的政局仍有祕密的管道與消息來源，他並不全然像她曾以為的那般遼遠的置身事外。

她信賴他的判斷並因而感到放心。而他那幽深而光耀的眼瞳定定的看著她：

「嘿！不要擔心。」

然後又補上一句：
「不要忘了妳在人人稱讚的浪漫花都。」
（逐漸遠去的，可是她的家鄉台灣？）

2

她在離開那素有「花都」之稱的都市最後一夜，去到一家米其林星級的餐廳吃一頓晚餐。

位於那「廣場」前的知名餐廳。

如若她巨大的愛不僅膨脹了自身還遮掩了她的雙眼，她不能自已的要一再感到，她大張而有著視若無睹的雙眸中星月輝映。而是要到了夜裡，當黑暗掩去了線條的差異，城市成為塊狀拼貼，燈光攏聚了璀璨的輝耀焦點，她這才有了較清楚的視線？

那視線特別是在夜裡，總匯聚朝向那「廣場」。

她分不清何以如此，那有方尖碑的廣場原就開闊，連結著黃金顏色雕像聳立的跨河大橋，川流的河水與兩岸水域使建築物在此無從密集，再加上延伸向遠處對岸的長橋，便恍若這廣場有了一道開口能穿越、探向遙遠未知的所在，航向另個向度與界面。

特別在夜晚燈火輝耀下，不知怎的總讓她感到魂牽夢縈，有若這黑色水域與長橋是種接引，原就是個往來必經之地，牽連擺渡的何止是今生今世，方讓她如此熟悉。

（一個夢裡也不會遺忘的所在。）

那知名餐廳在「廣場」前的一幢巨大雄偉的旅館裡，一進入原還有著宮庭的富麗驚嘆，這豈不正是會有王子與公主的浪漫所在。然有稜有角的大理石牆柱、堅硬的大理石地面，沉重華麗的水晶吊燈，一切繁華富麗便果真巨大且具重量。

所幸有著鑲飾四邊的大幅鏡片，能交替輝映光華流動耀亮。那四面迴滿鏡子的大廳本就提供了一場有舞會的盛宴，看！地上馬賽克鑲飾出的桂冠圖樣，誘引著多少的舞步在上交疊。

便必然是雲雲的舞裳、裙裾蕾絲緞帶層層擁聚到這能壓縮了距離、四面交互顯相的鏡面上，堆疊簇擁直上那描金細繪的屋頂，而至整個廳堂空間全充塞滿衣香鬢影，無盡繁鬧。

只那鏡子或許年代久遠，蒙上太多曾映照上的景物，已然躲著各式揮除不去的殘影，每一道影像都好似佇留羈佔原光華的明鏡，使得鏡面不清不楚的帶著灰濛陰。

她看著鏡中映現的自己臉面，感到恍若還看到游移不斷影子在後面，一重又一重的影，沉重得讓那鏡子都顯疲累，她的臉便愈發動盪不清。

和平會議和平落幕，終到了最後一夜。亞洲區域邀請人在臨分別前請吃飯，一定是為著表示體貼，選在一家「中國」菜館。

小小的「中國城」只有三兩條街道，事實上還不夠稱為「城」，但總是一種印記與標幟，來到的會是一個有華文店招的所在。

（通常也是街道上會有垃圾、不平路面上積著污水。）

餐廳門外果真大的招牌店名是華文，坐定後菜單上也有華文菜名，但她立即發現餐廳賣的實際上是泰國菜，或者說，以泰國菜為主，更或者說，以「遠東」的菜色為主。

（是主人的善意才不曾選一家「真正」的中國菜，否則在這歐洲的都市裡，主人又何處尋覓一家具「政治正確」的台灣菜？還是於白種的在地主人，根本分不出什麼是中國菜、什麼是泰國菜，更不用講台灣菜？）

他們因而餐桌上排著刀叉湯匙但又有著筷子，她這才更確實主人的善意，她不知道如果不是能單手操控的筷子而是得雙手齊用的刀叉，他將如何進行這頓晚餐！

（她明顯的注意到他永遠戴著手套的左手一直不曾放上桌，除非要支撐枴杖，他始終將左手插在西裝外套口袋裡。）

然如同他曾被稱道的美，他露在長袖襯衫西裝外的右手纖長如藝術家，只是極為蒼白並條條青筋糾結，這隻手顯然一直在承擔所有的重任。

他坐在長桌主人旁的主客位置，她只能斜斜的面對他，還是很容易發現他吃得極少、而且慢，好似那食物粒粒都是天上人間的極致佳餚美饌，非得如此細嚼慢嚥才能對得起。

（或者他根本吞嚥上有困難？）

那是夜的菜事實上普通，典型的越泰式炸春卷、乾炒牛肉河粉，但另有中國菜式的宮保雞丁、麻婆豆腐等等。比較特別的是剝去皮的椰子殼裡盛著椰汁煮的蔬菜，乳白的醬汁載浮載沉著白色筍片（罐頭的）、豆子、小圓青瓜、豆芽菜、綠色青菜、豆腐和粉條。

白色的椰汁醬汁還有著辛辣味，入口先是微辣，再續吃幾口，不著痕跡的辛辣強行羈佔，嘴中只能有辣，辣、辣、辣……

而她注意到他還往裡面加辣椒粉。

（他被破壞的器官只剩下最強的口味方能撼動？）

席間他一貫的話不多，從不主動開口只有簡短的回答，但他的言說清楚沉著，在這樣私人聯誼的近距離，安靜中仍有著一種難見的尊嚴，彷彿經他說出口的全都算數。

特別的是他喝著很多的酒（以紅酒搭配那如此辛辣的食物？），紅色的酒液入口後好似霎時間即不知到哪裡去了。

（她不能免除這樣恐怖的想像：他被殘害過破碎的軀體內，或許管道臟器全混在一起，才能這樣快速的消下去腥紅的酒液?!）

她是夜喝的不就全是他腥腥的紅血？她拿酒杯的手不免約略遲疑。

那米其林餐廳提供著最佳的搭配組合，為了一嚐多道佳餚，是夜她選擇的是「品味菜單」，Menu Dégustation，共有五道菜、再加上起司盤和兩道甜點。配上七種紅白葡萄酒、飯後甜酒。

屬開味的前菜共有四道：

「希臘式小朝鮮薊」

佐以 Montlouis Sur Loire “Clos Du Breuil” 2002

綠色的小朝鮮薊內塞蟹肉、小龍蝦肉，然上了桌來，碧綠完好無缺的躺在奶白色的醬汁裡。調料裡有她一向習慣了中國菜「八角」的味道，便無疑的讓她感到熟悉。

他說他初來乍到時當然想家，想那溫暖的島嶼夏日裡的暗香浮動。以想家為由，幹過各式玩耍嬉鬧的事，在此度過他年少輕狂的歲月。

不過即便在最縱情的時刻，他一直喜歡來到這廣場，憑著飯店靠窗的位置，在現今的花園、綠地與美術館之間，在八座代表這國家八個地區的雕像、象徵富饒的噴水池，看到了當年的斷頭台……

「油亮蘆筍」

佐以“Condrieu Les Terrassses De Lempire” 2001

那大白蘆筍如此壯碩、而且長，幾佔滿她的視線（她島嶼家鄉產的蘆筍色青而且細，像小女孩子的手指）。遇熱後的 Parmesan 起司淋淋流流滿粗壯的白蘆筍身上，像噴出一陣最精彩萬分後的汁液後、方始願意止息，軟軟趴伏了下來。但且慢，最上方還擺放了五、六塊小小的骨髓，上蓋起司薄片，帶著油脂光亮的骨髓，有那樣油綿綿的入口即化口感，然全無膩味。

（啊！這汁液漾流的壯碩大蘆筍，還總是有著腥意的骨髓，得是怎樣大張的紅唇方始能塞入慢慢吸吮細細舔舐。）

她曾聽得他偏愛古典畫派那種肥腴的白種女人，而連他從一個女人的懷抱裡流浪到另一個女人，據說也為了不至被牽絆住，讓他稍或遲疑。

「芹菜龍蝦尾」

佐以 Pachereng Du Vic Bihl Sec “Montus” 2001

那帶螯的龍蝦只取尾端一節，不論用什麼菜蔬調理（何況是帶著春意助性的芹菜），都為著讓能動善游、有勁勇猛的尾端，能有更多的滋潤與助力。

那龍蝦尾還依在地喜愛的方式烹調，極富咬勁，在唇齒之間交留糾纏，有若仍能持久竄留。

她不是一直聽聞，他沿襲自父祖輩喜好日式溫泉狎玩，同好者常誇口見識過他身體的雄偉之處？

（她能說她更想知曉的其實是除了那隨風而逝的白種女人外，同來自島嶼的女人？）

「香草海鱸魚」

佐以 Puligny-Montrachet 1999

那海鱸以一片潔白幼嫩的身軀，躺在匈牙利著名的紅色辣椒上，還環繞著十來個只有小指甲大小的洋蔥圈，驚世的美豔。然在濃重的佐料襯陪下，那海鱸便嫌味淡了。

雖然原為著要讓味淡的海鱸，在濃重的醬汁中激盪出特殊的口味。

她相信他一定長久計畫，也只有他來自眾人皆知的台灣世家驚人的財富，方讓他能揮霍大筆金錢尋到那一般人無從得知的祕密管道，順利不受阻礙的成功潛回島嶼。

四面周圍廣袤深海的島嶼，小小漁船在波濤間還是偷渡，航在的何止是腥風血水。

（那先民不也渡過「紅水溝」！）

而甚至還沒有上到主菜呢！那四道開味前菜配的白酒即便是細啜輕飲，也已然帶來酒意。她以雙手摀住發熱的雙頰，略微的不安。

她一直以為，那高緯度城市的空氣於她有一種奇特的安撫效果。大陸型氣候、房間內還放著暖氣的乾燥，使得擦在臉上的妝，服貼勻稱的密結在臉面上。不似在亞熱帶的海島家鄉，空氣中總有著太多的水氣，擦在臉上的不管是乳液、粉底霜，總似不能全乾，與臉皮中間隔著一層濕氣，永遠不可能如此服貼。

如果怕太乾有傷皮膚，這時節正是飽含水氣陰雨的春天，也會適度的蒙上一層濕意。

她總覺得自身與臉上的彩妝，處在一種緊密結合的良好效果中（不會有浮粉與脫妝）。

可是現在她喝這麼多酒，她以雙手搗住發熱的雙頰，燥熱的身軀，血液與熱氣好似全湧上手掌心與臉頰，即便在開著暖氣的乾燥室內，都無從催乾不斷從身體內湧上的細密汗水（怎知道體內有如此多燥熱湧流的水），那熱與水氣一定使臉容上的粉全浮浮的脫落了……

（裸露出的會是什麼?!）

那是夜的 Menu Dégustation（品味菜單）提供了可以選擇的主菜：

「Champvallon 式 Quercy 地區羊排」或

「烤 Maine et Loire 地區鴿子」

佐以 Chateau Lafite Rothschild 1994

她怎能選那代表和平的鴿子（她方參加完那和平會議），便僅剩下羊排。羊排來的時候帶有極長的一截肋骨，兩只以雕塑般的造型在盤上交叉，上面蓋著僅有指甲大小的馬鈴薯。

那被讚譽羊排最好的熟度是 Pink，即便手持的是銀刀叉，也極容易下刀，刀刃輕易入侵，切開後果真是粉紅色。幼嫩的肉心尚未遭到火炙（那火舌上來的時候，只有慢慢舐舔），肉的原色，只是被高溫烘熱、離「熟」尚十分遙遠，便有著一種遙遙的誘惑，等待熱情上身似的。

主菜都已經上了，這時候不是一定得要有音樂，怎麼才赫然發現聽不到音樂。

只有輕言細語嗡嗡迴響杯觥交錯水晶銀器叮噹。

是聽不到音樂？

（當火被點燃的瞬間，耳邊出現的先會是轟的一聲巨響。然是否還聽得到接下來嘶嘶咻咻火苗竄動的聲響？

就是易燃的汽油，才能這樣轟轟烈烈的一定會有聲響，而且嗶嗶啵啵永不止息。）

而那被讚譽羊排內裡最好是Pink，外圍一小圈一定得是全熟，直接被火熱紋身（而且是極度高溫快火），肉色轉沉暗微焦，激情過後的地已老天亦荒。接下來方是不曾直接接觸火熱、但被火力入侵炙熟的一圈，不分明的層次依次遞減色度，從沉暗直至Pink。

（然那汽油點燃火舌上來的時候，可不會是慢慢舐舔，一點一寸的舌尖輕移。那火焚燒起來濃煙烈焰一下子將他全包入一團火球，尺多高的猩紅火舌圍著他的身軀亂竄，隨著痛苦中掙扎晃動的手腳胴體，豈只是滿頭髮蛇群舞的蛇髮女妖。

燒毀的不會只是表皮？在肌肉與皮膚間，火熱與焚燒過後不該是水分被奪後的乾燥焦黑？卻何以先在中間膨脹、分離，再形成了突出的水泡，那身體內的體液究竟與火在作怎樣的勾結？）

那配羊排的必然是紅酒，耀麗的酒紅色，明亮但又深沉，火紅酒液上周圍杯身一圈酒花，層層小小氣泡燭光下個個晶瑩剔透，鑲飾無數碎鑽水晶似的，璀璨華麗美不勝收。

帶著輕微涼意的酒即便火紅但仍是水液，便真正是水火同源的在溫熱的嘴裡先有著冷涼的效果，然後隨著酒精催化血液，臨上更多的火熱。

那酒會不會正是火上加油呢！

（火熱與焚燒在胴體遍種了密密的突出水泡，像一株飾滿小小燈泡光亮的聖誕樹，然一如那酒花，在璀璨至極的片刻裡，速然破裂斷滅。可火還不會止息，於繼續將肌、膚、血、肉燃至焦黑乾枯前，還會裸露出的是那最美麗最豔色的 Pink……

一副去了外皮的稚嫩粉紅色身軀。）

主要菜餚至此上盡。

「起司盤」

佐以 Poire Granit 2002

那起司盤裡有高達十來種起司供選擇，佐以生鮮菜蔬與薄餅。即便最輕的口味，也是整個餐點最濃重的句點，何況 Goat Chess 仍有強烈的口感與味道。

（那火先引燃的是身體外的衣服，冬夜裡為了不引起過度注目，穿了該有毛衣、西裝外套。那該死的羊毛織物，是不是還較燒著的肉體前，先發出臭味？

而這些衣物，是否如薪材之於火，還有助燃的效益，引發了更高更猛烈的沖天火舌？它們更覆蓋於全身遍體肌膚外，悶住了熱氣、將高溫提得更高，也就更易達到摧枯拉朽的火燒焦化。

是不是接下來才要聞到另外的味道，燒到血、肉的味道？）

那是夜的甜點主要有兩道：

「安達魯西亞野草莓」與

「脆溶巧克力棒」

皆佐以 Maury Vintage 2002

小小的野草莓比櫻桃還小巧，被淋上石榴紅色的甜汁，再放置於覆有焦糖的冰淇淋上，最下一層方是襯底的煎餅。如此一重又一重的裝飾與添加，極致的繁複與細膩。然奶郁的冰淇淋與焦糖化完，石榴紅汁的甜味散盡，剩下清楚明白的只有那珍貴的安達魯西亞野草莓，比櫻桃還小但無與倫比嬌豔的紅鮮、與濃郁芳香的酸甜……

（嚐起來可會有什麼不同？）

脆溶巧克力作成塑立兩帆的船，呼應的應是主菜羊排兩只極長交叉的肋骨。同樣深的焦色，巧克力上佈著堅果碎粒，間還有描金的圖樣，精巧的裝飾與鋪陳。卻是在描金的花殘褪、堅果脆香消融後，裸露出巧克力心的稠軟，那最極致的美味，最能平撫憂愁傷慮的苦甘，一切俱指向那微調到最和諧的巧克力……

（嚐起來可會是什麼滋味？）

她的口唇是不是能在撥開高潔的前額上散落的細柔而微卷的長髮後，親吻了沉沉光耀的大而深的眼，吸吮血色全無嘴角仍微上揚的薄唇，還能夠去解開他自脖子以下層層包裹的衣物？

那始終纏繞在脖頸處的，即便是 Hermes 觸手最絲滑的領巾下，會是什麼樣的光景？那 Kashmir 最輕柔毛衣會撫觸怎樣的軀體？還有那優雅的 Armani 西裝，左腳褲管裡空蕩蕩會有著什麼？始終戴著手套的左手，聽聞是以這手點燃了火，受到最重度的灼傷，存留下的是些什麼？

還有，據聞汽油是以右手往左邊身體潑灑，手的高度使汽油在肚腹之隙聚留，那曾在溫泉水池中被稱羨的雄偉，卻是最脆弱、甚且不曾有骨頭支撐，且相較其他軀體部位都算是極小的陽具，是在熊熊大火中根本已燒焦斷裂成碎物？抑或還仍只是嚴重燒傷、但最終依舊只有割除？

她是不是能去揭開這些？

他又是否會願意讓她看到這些？

（裸露出的會是什麼?!）

那位於中國城的餐廳必是為了提供這著名歐洲「花都」一場「遠東」的想像，以去皮椰子殼來盛著椰汁煮的蔬菜，還不忘以一串胡姬花垂掛在椰子殼外作為裝飾。

紫身白心的胡姬花，還散置在餐廳周遭，熱帶火炙的激越熱情。一如牆上掛的一幅大型人身鳥尾的木雕，女人的頭胸，卻有像焰火般一層一層向外燃燒擴散張開的翅膀羽翼，即便能飛翔，恐怕也沉重不堪。

這火熱的鳥、花似還嫌不足，連天花板上都以棗紅色的人造絲布盤纏，再內藏小燈泡佈置成一片紅色的星空。似乎仍不夠旖旎，再加上彩紙摺的星星，裡面養著小燈垂掛。

好似在這地區，連星星都較易採摘。

大量的酒終在他蒼白的臉面佈上紅暈，再加上這遍天旖旎的棗紅色星空，紅色渲染了他的臉面一片血紅，寒光閃爍的黑色眼瞳中也有了瀲灩的波光。

就在餐會臨近尾聲，樣似老闆的男人大概看他們一桌多半是黃種人，前來搭訕，說的明顯是外地「華僑」口音的北京話：

「哪裡來的？」

「台灣。」席間有人回答。

「我看也是。正亂著呢，會不會政變打起來？」

幾個人互看了一眼，沒人答話。

「台灣要獨立啊？」老闆續問。

「你怎麼知道？」

「看電視報紙每天都有。」

「你也很關心呢！」

「我不想台灣獨立，中國要跟台灣統一起來，共同對付美國。」頭髮花白的老闆自顧說：「美國人太可惡了，到處搞戰爭，我們那裡就給搞得家破人亡，越南還不是一樣。現在東南亞不戰了，美國人又到中東那裡搞戰爭……」

那老闆說話中的自許，真是台灣如要獨立，不只是台灣人的問題，甚且不只是與中國人有關，而是他們整個東南亞「華僑」都足以置喙。

「你哪裡來？」她忍不住問。

「金邊。」

「柬埔寨，是戰了很久……」她知道那內戰的慘狀，原想要對那老闆有所反駁，一下子竟不知說什麼。

有著短暫的沉默，她抬眼四望，前方那供養著一尊盤坐菩薩的小高台上，原燃著的長線香已盡，只剩下最後一小截香灰。所幸還有白色香花、一杯清水與一小碗白米，仍周圍著菩薩。

而高台下一只注滿水的大缸，看來栩栩如真的蓮花，兀自仍朵朵開放。

老闆顯然尚未打算離去，開始絮絮的說著他當年逃離的艱辛，然後又接回來原先的台灣話題。大概也只是要有人應答，老闆站的位置又正面對他，便衝著他問：

「你支持台灣獨立？」

他牽動嘴角笑笑，然後她第一次看到，他如此和藹可親的笑了起來，波光瀲灩的黑色眼瞳中甚且有著憐惜，然什麼話都不曾說。

為著抗議蔣家政權在島嶼的高壓統治與白色恐怖，也為彰顯台灣獨立思想，他在島嶼總統府前的絕然驚世舉動，多年來她一再聽聞，經由私密中轉述又轉述，已有如一頁傳奇。

（那是沒有SNG車、沒有現場轉播的八〇年代。）

自那人人稱羨的「花都」，放棄優渥的工作與生活，他在高度戒嚴整個島嶼嚴峻封鎖下，如何循著祕密管道回轉島嶼，有各式說法。然就算多年後反對運動者取得了政權，當年的「黑名單」異議分子仍不願透露這神奇的祕密管道。

（一般咸信先坐飛機到抵鄰近島嶼的國家，菲律賓或香港，再循走私客方式以海路偷渡上岸。）

傳言裡他即便偷渡成功，一上岸即被盯上，只連那素以「滴水不漏」稱著的情治單位，都沒料到他會有這樣的舉動。

沒有人知道他怎樣聯繫那外國記者在總統府廣場前出現（或者那外國記者根本不知情），只是當熊熊火光乍現，那記者本能的按下快門，拍到了寒冬夜裡他左半身全身著火立於總統府廣場前的照片，這張照片與他事先寫好的遺書，出現在隔日的世界性大媒體上。

（他於他自己國家自焚的抗議動作，都還得經由外國記者、外國媒體方能展現於世人面前。）

瞬間撲滅火勢的是他回來後一直陪伴著他的一位反對運動人士，多少猜測到他會要有的舉動。在他點燃火的瞬間撲上去救火，自己也被重度灼傷，但至少救了他一命。

據聞他在整個烈火焚身中一直意識清楚，在加護病房裡度過較死亡更慘痛的折磨，與往後的傷殘。由著汽油是以右手往左邊身體潑，左半身嚴重燒傷到無以康復，右半身雖經西方名醫一再醫治，狀況仍不佳。

只奇蹟的留下完好的一張臉容未曾毀損。

在長達四十年各式異議分子腥風血雨的抗爭裡，她一直記得這最極致的自焚。

終到了會議結束必得要說再見，為著帶開悲傷氛圍她不免強作歡笑問他，他既然要她不要忘記是在最浪漫的花都，他曾到這個城市研讀政治學，之後並選擇回到此定居，多年居留中這人人稱羨的「浪漫」城市，什麼地方讓他最覺得浪漫，她亦想參訪。

「河邊，河水流經的地方。」他全然不加思索的說。

「還有呢？」她好奇追問。

「聖母院樓頂，掛鐘的地方四周牆上會有小小的隙縫，可以往外看。」

她反射性的瞥眼他虛懸不曾著地的左腿。

他注意到她的視線，有意故作輕鬆的道：

「嘿，我年輕的時候可是個田徑好手，一百公尺跑……」

他破裂嘶啞的聲音中有著遼遠的懷念，那種明知道不可能的懷想。她為自己不當的舉止滿臉通紅，情急下淚水噗噗的流了滿臉。

或是於那片刻中，她興起了到這廣場的知名飯店餐廳吃飯，而幸運的，有人當日取消訂位，她得以隻身前往。

（他說他一直喜歡來到這廣場，憑著飯店靠窗的位置，在現今的花園、綠地，看到了當年的斷頭台……）

那廣場著名的飯店富麗的大理石牆柱、華麗的水晶吊燈，提供了會有王子與公主的浪漫所在。四邊鑲飾的大幅鏡片，交替輝映光華流動耀亮，特別是用來插飾的鮮花俱是東方的蝴蝶蘭、石斛蘭，細細的黃花飛舞，遙遠的夢與想望便有若俱來到眼前。

那米其林星級餐廳有著細膩的講究，餐桌上漿過的白色桌布全然不見摺痕，每上一道菜換一次刀叉，水晶酒杯上銘記著兩隻獅子中間拱著皇冠，食材與醬汁搭配著最合宜的酒……

她眼中看到、也知道自己在吃下這道道佳餚、喝下杯杯美酒，然感到真正享有這饗宴並非自身。便是有如這一切都只在為他，方能肚腹中明顯感到飽足，她還是能一口一口吃盡所有盤中的食物。怕喝醉酒只敢淺酌，然酒意醺然中，她更覺得，是他於她體內，兩個人共進了這饗宴。

（他可是吃過相類似的美食、飲過相仿的酒?!）

而不論究竟是誰在吃下這饗宴，飽足與醺醉仍帶來奇特的滿足，有了一種她自在這城市中見著他後從未有過的平寧，恍若曾有的缺憾與不足，俱由此消除殆盡。飽足帶來超越的愉悅，一切俱被平撫的鬆弛，沉靜滿足。

她步出那雄偉的旅館，漸深沉的夜裡連那廣場也顯清寂。她立時看到天上一彎弦月與總伴隨一旁的寒星，於高緯度總覺得較家鄉湛藍的夜空，清寒寂淨的遺世獨立。

長時以來第一次，她凝望的眼睛裡不再只有漫天星月，於她站立的「廣場」上，斷頭台下至今持留不去的，也並非他眼中腥風血雨的革命大殺戮，成千上萬的人在一重又一重的謀殺中死去。

是那來自奧地利的公主，凡爾賽的玫瑰。

年輕遠嫁的公主，能縱情於最絕然的聲色奢華到鬧革命，最後只有將頭斷落在這廣場上，必然的也為著胸口中難以抑遏的激情，一種最絕望的激情。而遠離家鄉的公主身處斷頭台下，便只有始終糾結於這廣場，無法自延伸的橋帶領逸出、無從返鄉回去來處

甚且那橋都不是一種接引。

然她尚能回家，那六千公里外小小的海島，無論如何都是家，可回去的家，她身家性命的所在，她不可能為他留下。

就算她能捨棄一切，為他在此停留，他也並非孑然一身。她一直知曉那女人的存在，同來自島嶼的女人，多年來一直守在他身旁，在最後關鍵的時刻挺身照顧他（是怎樣老套的情節，可是真實存在無怨無悔）。

「歡喜甘願」──他（她）們一貫的說法。

於那片刻中她赫然發現，她、她們，或甚且之於他，對那「偉大」的國族使命，或

者無怨無悔。可是於這樣一份新生的情愛，再怎樣激情難抑，她都還是得算計，而且是斤斤計較。

（她害怕著什麼？那情愛果真較諸翻天覆地的變動還令人害怕？）

只除卻，她至少在這家鄉從未有過的變動中，於遠離島嶼數千公里外，曾在這「浪漫」稱著的城市裡，於一次盛宴中，與他有如此奇特的交會。

她知道，她如此無比清楚的知悉，自此盛宴後，她終將會離去，以無比的滿足，無有欠缺、沒有愧疚的離去。

她真的是在飛機到抵，於返家路上的車子裡，發現自己開始來了洶湧冒出、血量驚人的月經，一下子全沾濕了內褲。

稍後她看到這一大片染沾的紅色鮮血，感到有若那激越的情愛在得不到滿足與完成，當真化作真正的紅血，宣洩湧流，點點滴滴果然俱是血淚。

（而當紅血流盡，那情愛呢？）

她回到了家中，打開電視機，看到抗議群眾在總統府前推倒三、四層樓高的看板，鎮暴員警湧上，雙方棍棒齊落，不少人頭額上濺出鮮血，群眾將汽油彈扔進員警隊中，有一員警霎時間全身著火……同樣是電視螢幕，卻只發生在幾公里外，那事件便以可以觸及、無與倫比的真實擊向她。

她明顯知覺，喜歡與否，她真正是回到了家。

然後很快的，只消在爭議中成功的當選連任一年多，民選連任的總統，那島嶼人民和異議分子五十年來血淚犧牲方換取當選的民選總統，他周圍的重要官員、親近幕僚，一一涉入貪腐的弊案被告發、判罪，接下來是總統的女婿，最後甚且連總統的夫人、總統，都被控貪腐。

只有連任的總統因憲法的保障，暫時無需面對司法審判。但原來的同黨「老戰友」，那曾因一碗未送到的牛肉麵引為憾事的同黨同志，發動大型群眾運動，抗議抗爭要總統下台，未果。

而幾個月後，原執政四十年、其時是為最大在野黨「國民黨」的最具聲望領袖，亦因貪腐被起訴。

王齊芳一直未曾寫成那她一生引以為職志與榮耀的訪問。

素齋

1

許多年後，王齊芳都還一直記得，父親過世那年夏天的暑熱。

事實上，父親過世前，在床上躺了近十年。一次中風使上年紀的父親失去行動與言語能力，就此不曾回復。

母親自父親中風後，看著癱坐在輪椅上被拘限束縛住無能動彈的父親，常常喃喃的說：

「親像被伊綁住殺去的那些東西。唉！這恐怕是報應了。」

然後細細的一樣一樣叨唸：父親怎樣自年輕時即出名的愛吃那些奇奇怪怪的東西，從穿山甲、果子狸、伯勞鳥、蛇、青蛙、海鰻、毛蟹、蜂蛹、熊掌等等，吃到猴子的頭腦。

不能回嘴的父親，只有連連眨動還能動的眼瞼，不知是反對還是贊同。

母親的叨唸便好似成為一種怨咒，特別是醫生解釋，父親中風的原因，與長年高蛋白質高膽固醇的飲食習慣有必然關聯。

中風後的父親飲食都經醫生管控。已無能力自己吃食的父親，只有張開嘴一匙一匙的吃下餵食的極清淡食物：水煮的蔬菜，簡單烹煮的瘦肉、豆腐，清蒸的魚塊。（為怕魚刺不察，即便被認為較健康的魚類，父親都不再能吃到過往好吃的魚頭、肚腹、魚尾。）

王齊芳在往後的多年內，看到父親將送到嘴裡的一匙一匙清淡飯菜，在嘴裡含著的時間愈來愈長，有時餵食中的看護忙於別的事走開，父親一口飯菜，可以含在嘴裡大半個小時。

不曾咀嚼、不曾吞嚥，然也不曾將它吐出來——中風前的父親，對這樣的飯菜，必然會這樣作的。

王齊芳不能瞭解父親何以將一匙一匙飯菜含在嘴裡，是那清淡的飯菜難吃到根本難以「下嚥」，還是，父親對他生平最鍾愛的吃已不再眷戀？抑或是中風後的父親逐漸的退化到孩童般，只是將一口口飯菜含在嘴裡。

（孩子何以常將飯菜含在嘴裡？）

更讓王齊芳感到驚惶的是，一生專注美食從吃得到最大樂趣的父親，是否在生命的晚年失去最基本的吞嚥能力?!

最後每餐飯餵食的時間愈來愈長。醫生只有建議，將飯、菜和湯先用果汁機打碎成泥，父親不用咀嚼，吞下即可。

在父親生命的最後兩、三年，王齊芳便眼看著一生偏好美食的父親，一口一口的吞著飯菜泥。攪拌在一起打碎的飯菜泥，因為量較多的米飯、較少的蔬菜魚肉，通常呈現一種灰中稍帶綠的灰敗色澤。

像嚼後未全消化的嘔吐物。

父親死後，王齊芳每想及父親長時含在嘴裡的一口口飯菜，常無來由的眼淚噗噗掉滿臉。

在父親中風臥床的近十年間，母親似乎將所有的罪愆都歸咎於從穿山甲、果子狸、伯勞鳥、蛇、青蛙、海鰻、毛蟹、蜂蛹、熊掌，吃到猴腦等等。超乎尋常的平靜的接受了這個事實。

可是王齊芳不能不自問：

如果可以預知，父親會選擇往後未知的「健康」，放棄他一輩子最喜好的美食嗎?

王齊芳曾聽聞父親與那死刑犯的故事。童小時的父親由於家境貧寒，被送去學手藝，上工的路途中，為抄捷徑，得經過鹿城作為刑場前的一個轉角處。有一天，便看到刑台上有那樣一個被綑綁的死刑犯，尚未斷氣。

（那犯人大概是盜匪之類才會被求處極刑，但也另有說法，犯人可能是反清廷腐敗的起義革命黨人士，鹿城官衙為怕引起地方騷動，方掩人耳目的將他歸作一般盜匪。而不論是否是盜匪之類，總之那犯人有那麼勇健的體魄，行刑後仍不死。）

刑台上尚未斷氣的死刑犯，向每天必然路過的父親懇求。

「要什麼？」

童小的王齊芳驚心的一再問：

「要放走他嗎？」

犯人以微弱的聲音說了「好心有好報、大恩大德來生一定回報」這類的話，一再懇求：

要水喝。

年輕時的父親膽識過人，看這犯人可憐，就近找到一只破殘碗片，果真舀水給他喝。

（犯人雙手被綁，父親得將碗片拿至他嘴邊，等於餵著他喝水。講述的人還特別解釋，父親其時身量不高，得踮起腳尖才能搆到刑台上的犯人，也可見那犯人漢草極佳身材高大。）

犯人十分感激，第二天一大早父親路過，犯人又開口要水喝，同樣的說他如何口渴難受。

有了第一次，這回父親沒什麼多作考慮，又用那只破殘碗片舀水給他喝。

一連三天。

直到第三天，有個老人恰巧也路過，將父親拉至一旁。「你看他可憐給他水喝，其實不是幫助他而是害他。」老人說：「有了水喝，他一口氣會斷得更慢，只是受更多的苦。」

父親忙潑掉殘碗中的水。

「讓他早一點去，早死早超生。」

隔天，再怎樣大膽的父親也不敢路過，好似真心虛自己的無心之過。

只私下裡家族中的轉述便成為：父親讓那犯人最後仍有一口水喝，不是又飢又喝上路，算是功德一件，對父親一輩子事業有成有所助益。但父親如此作也加長了那犯人的痛苦，又有損陰德，才會晚年臥病多年。

及長，仍處於高壓的白色恐怖下，「囝仔人有耳無嘴」是整個家族的名訓，王齊芳不敢多加詢問「二二八事件」父親的被抓被關，敢直接向父親探問的，也只有關於那行刑台上的犯人。

便看到父親如此不忍的說：

「可是他那麼痛苦，就只想喝那一口水。」

「那就讓他喝啊！」王齊芳幾經思索還是這樣說：「那是最後最想要被滿足的慾望，雖然要以更多的痛苦作代價。」

可是父親搖搖頭，什麼都不曾說。

依鹿城相傳說法，親人（比如父母、夫妻至親），死去的時間如果是吃飯的餐前，表示他們愛惜活著的人，寧可自己忍著飢渴上路，將最後一餐留給後人，不願吃掉後代的口糧與福分。

父親便在未即吃早餐即斷了最後一口氣。

親族們便說：

就算如此好吃，父親是將一整天全部吃食的福分留給後人。

父親死後，王齊芳仍不免時常想及，一生可說以嗜吃美食為職志的父親，如若面臨要「克制」至愛的吃食，得在與「痛苦」之間作抉擇，父親會選擇什麼呢？

大概會選擇吃吧！

要能克制痛苦而不去滿足慾望，絕對是極不容易的事。

便在中風前，父親晚年，也不曾動過「吃齋」的念頭，甚且不曾想到要吃素——吃較清淡的飲食。

「全世界的佛教徒，只有中國佛教，當然也包括受中國佛教影響的台灣佛教徒，是吃素的。」父親堅持的說：「以前釋迦牟尼佛外出化緣，遇葷吃葷、遇素吃素，人家施捨什麼就吃什麼，哪裡還顧得到什麼吃齋。」

父親更是絕然不肯相信「吃齋解厄」。

「雜食、或者說吃葷，是人類幾萬年以來的根本，早於佛教不知多少萬年。」父親還以得來佛學的粗淺知識辯解：「這樣深植於內在的記憶是會從『中陰生』一代一代輪迴相傳的，已成為我們的一部分天性，硬要去除，不是不自然而且不必要嗎?!」

但對吃食如此講究著重，父親也曾遍訪各處著名素齋。最常光顧的，便是「新祖宮」的素宴。

那「新祖宮」是為鹿城屬一屬二的老寺廟，一向以其素齋自豪。雖然訂桌的絕大多數都是有錢付得起的葷食者，偶一為之的要吃齋以消災、還願，「新祖宮」仍標榜佛教徒嚴守的「不得食一切眾生肉、食肉得無量罪」，還嚴格的要求素齋裡不得使用「大蒜、蔥、韭、洋蔥、興渠」，這些同樣是菜蔬，但因味道強烈且會引發慾望，被稱作「五辛」，守清戒的素食者不吃。

（奇特的是，該是味覺最刺激強烈的辣椒，竟不在「五辛」之列，常令人不解。）

基本上以島嶼不分冬夏皆充足的蔬果時鮮為主，那「新祖宮」的素宴清雅素淨，花色品種多且手藝巧究。卻俱用了「素炒蝦仁」、「銀菜鱔絲」、「韭翠蟹粉」等這樣的名稱，還似乎怕人不識，在每道菜前放立菜名紙牌，以期達到「素料烹製命以葷名」的絕妙製作。

一生嗜吃美食的父親，來吃這素齋，擺明了吃齋是為其美味。對這一套「賽蝦仁」、「勝鱔絲」的命名，或吃齋好消災解厄的說法，表現出十分的不屑。

那時節台灣已然經濟起飛，島嶼居民靠著外貿正開始累積大量資產。少女的王齊芳與父親和友人上寺廟吃那稱作「佛菜、釋菜、福菜」的素齋，倒常有不勝驚豔之處。

王齊芳以著少女對一切外在尚新鮮的高度好奇，最喜見識到素齋裡諸多巧妙的變化。比如名為「糖醋排骨」的素菜，上桌來糖醋醬裹著果真像如假包換的豬小排，但放入嘴裡一陣嚼咬，還得由父親加以解說，才知道那「排骨」是由一截截的油條加工作成；「炒蝦仁」裡的「蝦仁」，有時會用吐司麵包切成彎彎的蝦仁模樣，當然也有用特定的模具將豆皮壓成一隻隻有模有樣的鮮蝦。

其他的「素火腿」、「素雞」、「素鴨」等等，更是以模具將豆皮壓成一隻隻幾可亂真的雞鴨豬，連皮上的毛細孔都清楚可見。

簡直不可思議，少女王齊芳常有著極度的不真實感，不知吃到嘴裡的究竟要以葷的「豬小排」或素的「油條」來品味？還是就接受那「素排骨」的不知該如何訴說的滋味。

父親顯然不被如此干擾，他愛的菜餚更是費工，「芝麻炸脆鱔」這道菜，除了口感真不輸葷菜的脆鱔外，也為那巧奪天工的剪鱔片功夫。父親便曾向王齊芳說：香積廚得將整片的香菇以剪刀一圈圈的剪開，以期香菇條炸後像一片片鱔片。

父親會解釋，以黃豆芽熬煮的素高湯更是一絕，「人參枸杞燉羊肉」這道素菜，唯妙唯肖的「羊肉」是由香菇頭（蒂）泡開，重力加以打扁使纖維截斷分散，燉爛後再以特調醬汁紅燒，還要放入烤爐烤，如此多重繁複功夫，才能使香菇蒂吃來真有如羊肉的口感。

除了這神奇的油條搖身一變豬小排、香菇可剪成脆鱔片等等，簡直像魔術般的奇幻。王齊芳還喜歡那素齋常見的美麗盤飾，除愛以各式鮮花裝點外，盤中青菜的翠，彩椒紅是紅黃是黃，菇菌類不管只是金針菇也雪白討喜，髮菜漂浮在湯裡如夢幻湖草，烹煮在一起五顏六色，美得不似用來下口。

有時吃後還真恍惚感到，那美麗未曾折損的菜蔬，在肚子裡真可滋滋的繼續在茁長，開出更多豔色的花、長出茂盛的葉。而那用豆皮強作出來的雞鴨魚肉，反倒會在肚子裡轉成真正、活著的雞鴨魚豬。

一切俱在不可言說之間。

過往卻絕不是這樣的。

那「吃齋」在童小的王齊芳心中，永遠連帶、混雜著女人們黑色的布袍。

尤其關係著「那邊」。

只消跨過院子低矮的竹圍籬（是的，父親便是在這裡看到那只有半截的下半身，穿古早清朝人、他的父祖方穿的那種青藍色的「色褲」，跨越圍籬），便到了「那邊」。

「那邊」事實上只是另個相似的院落，二伯父家的所在。

當年三兄弟分家，分隔了老宅一大片怕不有六、七分地的院落，以此院落作中心，再各房扇形的推展出去各建家屋。善經營的父親另行購買旁邊的地建新房，大伯父、二伯父則承襲了原來的老宅。

懂事後的王齊芳一直有著這樣深切的記憶：纏小腳的阿嬤，固定的每個月分別到各個兒子家吃食。便每逢陰曆十五，阿嬤顫巍巍的拄著楞杖，由一個孫子輩的堂兄、堂姊攙扶，只消走過院子低矮竹圍籬的小門，便進到另個兒子住處，開始這個月的吃食。

王齊芳不曾仔細探算阿嬤來的時間，只一直記得，每看到阿嬤纏小腳顫巍巍的身影，總會有一輪明晃晃的大圓月。更小的時候，王齊芳還問過父親，圓月是不是阿嬤帶來的。

便是在這月圓時分，一年中某一個時候的月圓時分，童小的王齊芳也一定會聽到淒厲慘絕的哭聲。

那哭聲事實上已持續多年，並還將一直存留，如非永生永世，至少在王齊芳離家外出求學前，一逕存有。

哭聲來自二嬸，據聞終戰後日本人離去，而被遠派到南洋從軍的二伯父始終未曾歸來後，二嬸即於二伯父的生日那天，以整日徹夜的哭聲，企圖來召喚他。

「喚回的不是伊的人，也要是伊的魂。」二嬸明言。

始自童小的王齊芳有記憶，便有著二嬸那一張慘白肅長的臉與一身黑袍。黑色布袍寬鬆，罩在長身又顯然極其消瘦的二嬸身上，走動間像一陣黑色的煙，滾滾興風、倏地的來倏地的去，還似果真留下身邊一陣森森的冷涼。

王齊芳自小即知道，二嬸身上那斜襟黑袍並非一般人能穿著，只有修行的尼姑、齋姑能穿，而「齋姑」又與一般穿黑袍的尼姑不同，雖然同樣吃素禮佛，尼姑要落髮，頂個大光頭「削髮為尼」，齋姑卻可以「帶髮修行」，受的戒律還是較不嚴格，還俗也容易。

「帶髮修行」的二嬸，是一個「齋姑」。

便是來家中幫忙母親的「阿清官」，與跨過院子低矮的竹圍籬前來串門子的女人們竊竊私語中，王齊芳聽得這類似的談說：

「什麼帶髮修行，根本就是還不乾不淨。」身家清白、自許全鹿城廚房後院良心的「阿清官」說。

然也會有婚姻中據稱美滿的堂姊道：

「也不能這樣講。會帶髮修行聽講是還在等伊尪。有一天那回來，伊已出家，也算對不起伊尪，無等伊到回來。」

「帶髮修行至少伊尪那真的回來，才有變通。」

多數的女人點頭稱許，只有「阿清官」仍堅持：

「講什麼猶話，會回來？回來什麼？這多年，要回來的，人無回來，骨頭灰嘛到厝了。」

「就是等無骨頭灰，不死心。」畢竟年紀較長的大嬸圓融的說：「伊也是一份心。」

算是小輩的堂嫂這也才敢說：

「無剃頭敢是還想替二伯生個子嗣？不孝有三無後為大，伊生四個都是查某，二伯這房眼看無人繼承煙火。」

「三八查某，」大夥笑開了懷：「這樣講是無錯，不過無想看，就算等到妳二伯回來，妳二嬸無剃頭還能團圓，也無想看伊幾歲人了。生？生什麼？」

堂嫂羞紅了臉，再不敢言語。

王齊芳根據拼湊起來的種種說法與印象，那二嬸應是在終戰之後等不到二伯父歸來，即用盡各種方法，期求能知曉二伯父的下落。

一開始，當同被徵召到南洋的軍夫有人自那燠熱的叢林被遣送回來，二嬸總一再登門去問詢。即便被送回來的不是殘了缺腿少手，多半神智不清語焉不詳、或驚嚇過度什麼都不敢說，只一再對著二嬸行日式九十度彎腰敬禮。

二嬸都不曾放棄。

「生不見人、死也要見骨。」二嬸還發了這樣的宏誓。

然畢竟只是上過日本公學校小學的二嬸，一個女人家孩子又小，終戰後根本沒有能力到南洋尋夫，也無其他管道查尋。一般妻子都是一段時間後即放棄等待，只有二嬸，長年堅持，在家中老宅的廳堂經常性的請人來作法，透過各種科儀，想得知結果。

二嬸在一次尪姨作法中，和同著尪姨持咒誦念、突然全身跟著搖擺進入一種酩酊狀態，然後雙眼暴睜大呼一聲：

「我看到了。」

就此直挺挺的全身向後仰倒不省人事。

三天之後醒來，二嬸成為一個能見物通靈的人。幾次為人找到失財，治好小兒夜啼青便，二嬸逐漸名聲在外也吸引了一些人前來，當中有一被丈夫婆婆趕出家門的無嗣中年女人，長年茹素自願跟隨。

二嬸以這一齋姑作助手，將自家老宅改成「齋堂」，取名為「功德堂」，明顯的意思是要作「功德」給二伯父，好保佑他生能回轉死得以超生。

出乎所有人的預料，二嬸以一個過往全然不曾在外走動的婦道人家，幾年後居然將「功德堂」經營得有聲有色，成為鹿城的第二大「齋堂」。有二十來個「帶髮修行」的齋姑與兩個「削髮為尼」的尼姑。

「齋姑」雖大半都是無處可去的離家婦人，入「齋堂」以吃素禮佛消除此生業障，但必得健康可操勞。

二嬸明言，她辦的可不是救濟院。

據聞那二嬸怎樣善於言語，能說動家中無嗣的人，將家中無人祭拜的神主牌寄放到「功德堂」，當然也需將適當的金錢財務——有田出田有厝出厝，要不林地山地也可，捐給「功德堂」，以作為供奉之資。

「功德堂」最興盛的時候，有供養田讓自家齋姑耕種，有林可供自家齋姑撿柴火，有厝能收租。其他收入還有「削髮為尼」的尼姑師父，專事各種超渡法事，更有二嬸仍繼續為孩兒夜啼多病、迷途收驚；婦人家事不合、丈夫花心在外起壇問乩。

足足養活二嬸一家子人與眾多齋姑尼姑。

不少私下流言指出，二嬸能將「功德堂」作得風生水起，實是不少鹿城婦人，都感佩於她對丈夫那一份終生不移的心，方願意將生時身後之事，全交託於她。

王齊芳記得小學時候，仍有機會鑽過後院竹籬笆的小洞，進入「功德堂」。對孩子來說一間敞大的大廳裡，擺著高大的佛祖塑像，還有觀世音菩薩金身站於蓮花台上畫像，手中一手楊柳枝、一手淨水瓶，母親說是能灑淨人間、渡化眾生苦難危厄。

觀世音菩薩一直是鹿城女子祭拜祈求的重要神祇，王齊芳從小便由母親教導識得。

與一般寺廟不同的是「功德堂」大廳神像兩旁，立著高高低低的各式神主牌，有的簡單只是近尺來長一根木製牌位、有的上有繁複雕花。通常是愈雕飾富麗愈高大的神主牌，置放在最顯眼最高的地方，面前擺的長明燈也終年燈火不息。

神主牌數量極多，長排迤邐，面前又多半有燈火，乍看下，好以香火還較神明興旺，又好似那大廳中央的佛祖、觀世音菩薩，也專為保佑這些神主牌似的。

只一旁角落陰暗處，既無燈火也不見點香，矗立著一個巨大牌龕，與她孩子的身高幾乎等高、甚且更高長，那牌龕裡有好幾個牌位，童小的王齊芳根本不敢細數，只猜測大概是一家子人全在一起。

那巨大牌龕四處飾有精細透雕三層花材，只不過被煙燻得發黑，立著的地方離有火燭香火的佛祖菩薩諸神甚遠，在黑暗的角落裡，愈發可怖，有若真可將她身長一樣的孩子關在裡面，禁錮的就不只是她的魂魄，還有她自身。

然愈是害怕王齊芳愈是想要打探，仗著受寵愛四下尋問，只這事大人誰都不願多說，有一回還難得的挨了父親一頓罵：

「囝仔人有耳無嘴。」

年歲更長後父親以她終有能力辨識，方隱諱的讓她知道，那巨大牌龕是鹿城世家施進士一家，被控與「二二八事件」相關，幾個兒子死的死不見屍、關的關瘋的瘋，偌大家族離散連先人牌位都無子孫要供養，「有應公」、「大墓公」更不敢收留。

二伯父、父親與施進士算有知遇之恩，得過幫助，二嬸才將一家子牌位暫放「功德堂」。

「也虧妳二嬸有勇氣。」

那時節王齊芳已不似孩童時，能從後院翻過竹籬笆偷溜進「功德堂」，說是去找堂姊玩耍。二嬸嚴禁任何人從「功德堂」後院進出，即便家中女性眷屬，也得繞過老宅走「功德堂」正門，而且除非法事期間得暫住於廂房內，所有人只能到大廳。

一向被家族稱道伶俐的王齊芳，很快的探得緣由。

那是自「功德堂」成立十幾年間，一向被認為有所擔當的二嬸，第一次將兩個齋姑毒打一頓，連夜趕出「功德堂」。

2

許多年後，王齊芳都還一直記得，父親過世那年夏天的暑熱。

依照鹿城習俗，將即要嚥氣的人置於家屋大廳左側，在老家中「過去」方算得上一種圓滿。剛死後更得在死者腳旁呈上一碗「腳尾飯」，好讓死者吃飽上路。

那「腳尾飯」是尋常家用的飯碗滿裝白米飯，上放一顆滷蛋，一雙筷子則直直插在飯碗中央。

王齊芳一學會用筷子吃飯，家中老輩便嚴厲管教，無論如何都不能將一雙筷子直直插在飯碗中央，筷子永遠只能橫放飯碗旁。

「才不會帶衰。」阿嬤說。

只有拜死人才筷子直插，死者剛過去的一天內並且得在腳旁一直燒「腳尾錢」——所有這些王齊芳在成長的過程中，只要家族中有人過世，便一再經歷。

坐在老家大廳父親蒙著黃色蓮花被的腳尾，王齊芳在近四十度的暑熱中，一張緊接著一張的燒著冥紙。這「腳尾錢」據說是讓死者用來打點四方來的遊魂，作為買路錢；它的亮光更能替死者照路引路，好能順當前行。

因而不能間斷。

王齊芳連連燒了有六、七個鐘頭的「腳尾錢」，感到一旁拜的「腳尾飯」，在如此炎夏又加上燃燒金紙的熱氣中，都發出了米飯的餿味。

（一向喜愛美食的父親，怎受得了餿了的東西。）

那夜裡父親鍾愛的年幼姪兒，更清楚夢得阿公前來抱怨：

「一直燒『腳尾錢』，害他多走了很多路。」

王齊芳便執迷的認為，父親既收得到「腳尾錢」，也一定吃得到祭拜的牲禮。那鹿城拜死者傳統的「十三碗」僅只是小飯碗內裝蝦、蚌、小魷魚、花豆、發糕、米糕、麵龜、鴨蛋、豆干、韭菜、高麗菜、香菇十二樣，再加上拜「王」——想必是管領死者魂魄的主管——一盤三層肉、鴨蛋、豆干。

母親與父親六十年來的婚姻相處，自然體會到這祭拜品對一生喜好吃食的父親是如何不足，便委由父親過往常光顧的鹿城寺廟「新祖宮」，作了一桌著名的素齋，送到父親靈前祭拜。自然也不無替父親消災解厄，期求來世不會因這輩子的過度吃食殺生毀生，再入輪迴，不得解脫。

讓家人不安的還在，父親逝世的那個早上，未即吃早飯即嚥下最後一口氣。於民間流傳的說法是父親珍愛子女，不曾吃最後的一餐是要留下這份吃食的福分給子女，以求子孫代代有飯吃。

但也因此，父親是餓著肚子上路的。

為父親尋得最特別的祭品，讓他走而無憾，同樣成為王齊芳在整個葬禮中的重大心願。

只不若母親從「新祖宮」叫來整桌素菜。

王齊芳一直深記父親即便到了晚年，清淡的素食一直並非他的至愛。何況父親一再強調，那素食為討好非齋食者，常加入大量的調味料再以重油烹煮，事實上連「健康」兩字都及不上。至於吃齋消災解厄這回事，父親更是全然不信。

父親雖臥床近十年，一直請人居家妥善照顧，身上始終不見褥瘡。走時九十大幾高壽，未曾不是一種解脫。

當然可以讓父親吃葷，而且一定要十分特別。祭拜死者不能拜豬肉，因著「吃豬肉好像在吃死者的肉」。魚便是另個選擇，透過不少管道，王齊芳覓到一尾島嶼難見的鱘魚。

那鱘魚被稱作「活化石」，據稱與恐龍類似，屬「白堊紀」生物。以其能產魚子醬用的魚卵，晚近才被從國外引進、嘗試性的養在山林的活泉裡。是不適應亞熱帶的島嶼，還是在小水池裡失去其天性，即便養殖十五年以上、兩公尺來長的成魚，仍無法生產魚子醬魚卵。

王齊芳尋得的是一尾幼魚，在小水池裡不小心把自己的脊髓撞斷了，既無法存活，只有賣出給饕客。

這魚是父親中風後才引進，喜愛嚐各種新奇東西的父親，一定不曾吃過鱘魚。

然母親有不同的意見：

如若父親中風，果真與自年輕時即出名的愛吃那些奇奇怪怪的東西相關，何必在死後還替他造孽，去弄死那樣珍奇的一條魚呢?!

久遠前的記憶來到王齊芳心頭。

那時候她已上了中學，承襲童小時的「小時了了」，很是讀了家中父親兄姊留下的大量藏書，便敢於大剌剌的說：

「魚是素的啊，因為魚喝水，水是素的。誰說吃魚是吃葷？」

然後還自顧推演：

「雞也是素的，雞吃米，米是素的。」

父親則開玩笑的附和：

「那麼牛、羊吃草，草是素的，所以牛、羊也是素的？」

「雞鴨魚牛羊都是素的。只有人不是素的，真的。」她一本正經的說：「因為人什麼都吃，人也吃人。」

王齊芳記得父親當時深表認同的連連點頭。

那時節還流傳一種說法：

修行仍不夠尚無法吃素的人，吃葷最好不要自己單獨造太多業障，寧可與眾人一起承擔。

比如說吃魚，吃一盤小魚會吃掉成百上千條魚，等於殺生殺了成百上千條生命，造的業障極大；同樣要吃魚，不如和其他許多人共同吃一條大魚，如此，眾人分攤、共同承擔殺害一條生命，罪愆較小。

「諉過的逃避說法罷了。」父親對這類說詞不以為然：「一個人吃上百條小魚與一百個人共同吃一條大魚，罪孽是一樣的。殺生就是殺生，敢吃葷就要敢擔當，不要找藉口。小心還另造了口業。」

說後哈哈大笑了起來。

父親不是這種虛矯之人。王齊芳心裡想。但最後仍以那鱘魚不小心把自己的脊髓撞斷了已無法存活，方說服母親。

而果真是報應立即到來?!王齊芳在祭拜後要知曉給父親吃的鱘魚究竟是怎樣的美味，只吃一口，便被那鱘魚的魚刺卡住了。

鹿城臨海，基本上真是「天上飛的地上爬的」什麼都好吃的父親，對海鮮仍有著特殊愛好，更自詡對魚的品味。

她吃魚自然是來自父親一貫的教導：

要能在魚肉中挑出像綿裡針一樣的細小魚刺，只有在嘴裡，得舌頭與上下顎一陣通力合作，將含在嘴裡的魚肉逐一翻攪檢視一番，還一面吞下被認為安全無刺的魚肉，魚刺便在口腔內被當異物尋了出來，再被排出嘴外。

「懂得在嘴裡挑出魚刺的，常自許他們懂得吃魚。」

父親愛這麼說：

「可是最會吃魚的人，總是會被魚刺卡到的人。」

而出差錯的總是小小的細刺。

單一的細刺有時候雖未被偵測出來，但隨著嘴裡未全然嚼碎的食物，混雜著、囫圇吞的一起嚥下去，只消過得了食道，到了胃裡，胃酸要對付這種細刺問題不大。

可是如果卡住了呢？

那細刺就在咽喉處在食道口，插在軟嫩的組織，不肯上也不肯下，不肯被嚥下去也不肯被吐出來。這一處定點的刺痛，不深但狠，而且只要不吞嚥，基本上感覺不到它的存在。

（可是怎可能不吞嚥呢?!）

便於每一次吞嚥中，如針的細刺再次的在傷口上又刺痛一次。

這回鱘魚的細刺雖細，經醫生方夾出來後發現長足足有一公分多，還有三處分叉，也就是說除了尖頭外還分出兩隻像手臂一樣的叉。更不巧的是這三叉正刺在咽喉處食道口，痛的便明確的不只是一處定點，而在感覺中游移變遷。

好似整個咽喉處處都是細針，整個食道口像一條捲起來的——

針氈。

處處都是刺痛。

在每一次口水的吞嚥中確實如在針氈。

那痛如此不能忍受，因為隨著每一次吞嚥（不是本該像呼吸一樣自然的行為），那刺痛一定到來。而愈想要試測下一次吞嚥中細刺是否已然不在，愈會一直不斷的在吞嚥。

吞嚥、吞嚥、吞嚥、吞嚥、吞嚥、吞嚥……

如此恐怖的吞嚥的，於王齊芳莫過於那「人面瘡」。

「功德堂」每年定時作「春秋二祭」大型祭拜，以超渡供養在堂內的無嗣死者。「春秋二祭」常作「水懺」，得特地到寺廟聘請道行高深的四名出家師父，由他們帶領全體「功德堂」人員，作一整天的誦經持咒祭拜。

始自童小，王齊芳便由齋姑們口中一次又一次的聽聞關於「水懺」的故事。

一開始王齊芳尚記不得人名，當成是一個故事，像「虎姑婆」吃小孩一樣的恐怖故事（孩子們聽的故事哪個不可怕？），只知道「水懺」緣起於一件錯殺的恩怨。

兩個本無冤仇的人，有一人不小心錯殺了另一人，而且是處以最大的極刑「腰斬」，也就是說從腰身以刀橫斬。（父親看到那跨越圍籬、只有半截的下半身，還穿著古早清朝人、他的父祖方穿的那種青藍色的「色褲」，必然也是個被腰斬的人吧！只不知是否也是錯殺？）

因緣果報再入輪迴，殺人者不曾得到懲罰，下輩子反成一位得道高僧。被殺者不曾犯罪卻被錯殺，自然心思報復。但在往後的十世裡，殺人者一直是得道高僧，戒律精嚴，身旁總有戒神守護，被錯殺者根本難以傷他，一直無從報仇。

「不是不報、時候未到。」說故事的齋姑一定如此說。

果真，高僧為皇帝恩寵，寵遇過奢名利心起德行虧損。

能閱讀更多的字後，王齊芳會從「水懺」經文前的序文讀到這樣的文句：

「忽生人面瘡於膝上，眉目口齒俱備，每以飲食餧之，則開口吞啖，與人無異。」

得道高僧膝上不僅長出一顆「人面瘡」，疼痛難當。而且不論如何醫治，都不能好轉。

最後由迦諾迦尊者之助，到深山取三昧法水，要洗滌「人面瘡」。

「這時候『人面瘡』開口大叫不可。」齋姑們總要以「人面瘡」口吻，語意神祕訓誡的說：「我就是當時被你錯殺腰斬的人，心懷怨恨，累世都在尋求報復的機會，可是你十世以來，都是身為持戒嚴謹的高僧，冥冥中有戒神在旁守護，我沒有機會報復，而今你受到恩寵，動了一念名利心，無形中德行已經虧損，因為這個緣故，我才能接近你的身邊來報仇。」

那每個人頭臉相似只見一身黑袍的齋姑們，最愛訴說的，便是這樣因果報應的故事。每個齋姑都會一再重複上述類似話語，為著要勸人為善。

害怕報應因而要勸人為善，一直是齋姑們說教的重點。

如是高僧蒙受聖人迦諾迦尊者的救護，以三昧法水洗滌「人面瘡」，痛徹骨髓絕而復甦，醒來其瘡不見，終於洗除去這生生世世歷經十世的宿冤。高僧因此寫成懺本，早晚恭敬禮誦，並命名為慈悲三昧水懺，即是「水懺」。

「那『人面瘡』哪裡去了？」孩子們必然要問。

「迦諾迦尊者出面來調解，賜三昧法水，『人面瘡』雖被從高僧身上洗去，但因此自身也才得以解脫，放下方能捨得，糾纏了十世的冤怨不再。」

然更甚的恐嚇仍然到來。

那時代裡孩子們普遍生瘡，特別是窮困的孩子們。從小備受呵護的王齊芳雖不曾長膿瘡，自然見過孩子們頭上的癩痢瘡、身上的膿瘡流膿流汁，顏色更是詭異，黃色、橙色的膿還不算奇怪，有的居然還是綠色、紫色。臭的腥味引來成群的蒼蠅，環繞飛舞嗡轟出聲。

那得道的高僧也長膿瘡，還發現自己膝上長的「人面瘡」，眉目口齒都有。

（是不是還會憤怒生氣或展顏歡笑？）

身上多生了這「人面瘡」，不是形同有兩張臉在身上？何況那「人面瘡」本來就是被錯殺的仇人寄生回自己身體上。

（身上長的每個瘡，可都是一個又一個要回來報復的仇人？如此我們究竟有多少累世的仇人？）

而且既有兩張臉，那「人面瘡」因而會不會有另道的咽喉?!

居然還去餵食它？

以怎樣的「飲食」餵食，那「人面瘡」果真能張口吃食？吃的是葷是素，會不會還有偏愛的美食？

（那長於自體膝上能「開口吞啖」的「人面瘡」，吞吃下的東西究竟到哪裡去了？）

即便它有另道的咽喉，可是仍在同一個身體上。如此，吃下的食物，不也是回到自身嗎？

（那得道高僧的一個身體內，便事實上有兩張嘴在吃食！）

「人面瘡」吞著在嘴裡嚐起來感覺不知是怎樣滋味的「飲食」，艱困的要自一定是十分細窄的咽喉一點一寸嚥下，真正是一種可以感覺到的——

吞嚥。

（是不是這吞嚥方能造成得道高僧的劇痛？）

為了終有機會報那等待了十世的冤仇，「人面瘡」便無時無刻都在吞嚥，好藉著蠕動造成劇痛。然它不見得一定有食物吞食，如此，吞嚥下的，便只有口水。

足以淹沒自己的口水。

（被口水淹沒的自己，黏液一點一滴的包覆，一口一口的積累，帶暖意的潤濕，先是一種有若回復水體液內的慰安。然後，更多的黏液聚湧，成為濕黏答答去除不掉的負擔，眼看著就要被自己的口水淹沒，方發現濕黏答答直淌體液的，並非怪獸異形而就是自己。

可不是正吞吃著自身呢！）

午夜夢迴，還在吞嚥。

一直不斷的吞、嚥。

吞嚥下整個自身，還在吞嚥……

王齊芳不知怎的總因而感到，如此一來，吞吃的與吃下的、甚且消化的，可都會是自己?!

（是自己這麼經吃、有得吃，可以吃如此長久?永生永世，都還在吞嚥……）

這一切罪愆的起源，為著的不就是吞嚥吃下。

如果不是要吞下，就不用殺生。

（一生喜愛美食的父親，中風後可是連吞嚥都失去，才會將一口口飯菜長時含在嘴裡?!）

為祭拜父親的鰣魚細刺鯁到，王齊芳只得到醫生處方取出了那刺。而那一根在父親葬禮中刺在喉頭的魚刺，於王齊芳便恍若是一種贖罪。

沒有人願意談及，即便「阿清官」與跨過院子低矮的竹圍籬前來串門子的女人們，都不願提起兩個齋姑究竟犯了何罪，二嬸方出如此重手，將兩人毒打一頓，連夜趕出「功德堂」。

王齊芳只能探得，整件事與一名叫「濃月」的年輕齋姑有關。

已上小學，對那叫濃月的年輕齋姑，王齊芳有著深切印象。

臨海炎熱多風的鹿城，除非真正深閨大小姐，難見到「白泡泡、幼咪咪」的女人肌膚。有這樣的膚質，便會被稱作「日本婆仔」——在鹿城，只有美女才能叫「婆仔」，而只有日本女人，才有這樣的肌膚。

那年輕的齋姑濃月，竟也有著這樣的膚質。只不過那白，白得有若透明，特別她在院子裡鋤草種菜劈柴時，消瘦的手臂上一條條青筋，明顯可見，蚯蚓一樣的鑽動。

據「阿清官」說，濃月祖上也是詩禮人家，家敗嫁的丈夫又是鹿城出名凶殘廢人，苦毒她不成人形。私逃來「功德堂」，二嬸看不留她也活不成，為替二伯父積善作功德，勉強讓她住下。

「要不是二嬸鎮得住，給逮回去只有活活被打死。」

然濃月畢竟身無分文，又無田產房舍可作供養，留在「功德堂」只有作粗重活，挑水劈柴煮飯洗衣作醬菜，樣樣都得來。

那濃月除了瘦弱，還據說有著暗疾，王齊芳記得有幾回看到她在炎日下，手中鋤頭一滑，整個身子溜下去倒在地上。其他齋姑看見，也不多理會，拿水潑醒她，任她在地上爬行回房內。

「功德堂」裡不只一切得自給自足，齋姑們將整個偌大後院闢成菜園，還將吃不完的菜蔬作成醬菜，除自己人吃外也賣給外人。由於醃製過程出自齋姑，被認為是「全素」，生意不惡，最後二嬸甚且由外面買進大量菜蔬，專門製成醬菜外賣。

作醬菜過程繁複，除了去皮切片全需人工，為去除掉菜蔬苦味，多半還得先在鹽水裡揉搓，苦味吐盡曝曬涼乾，才能醃製。王齊芳便看那齋姑，人人一雙皸裂紅腫的手，冬天裡浸在冰冷的鹽水裡，連那以「吃苦當作吃補」、「這世人是為後世人贖罪」的老齋姑，都齜牙咧嘴。

一定就一直有著流言，關於濃月和另個齋姑。那齋姑人前人後幫濃月作粗重活，鹽水裡揉搓菜蔬去苦味，細皮白肉的濃月方能保住一雙好手。無錢替濃月看病，找來草藥偷偷種在院子角落，熬煮替她補身。

只直到發生了那事件後，王齊芳都還不知道談說的是哪個「齋姑」。對王齊芳來說，「功德堂」裡二十幾個齋姑，除了濃月外，每個看來都差不多，長年茹素營養不良，消瘦的身軀在黑色的布袍下幾無差別，黃黑著一張操勞、從不言笑的苦臉……只有那濃月例外，待她身體逐漸好轉，王齊芳會看到她有若塗了胭脂的紅唇還會怯怯的獨自微笑，雖然她黑漆漆的大眼睛仍不時驚恐的四望。

有一回王齊芳還聽到她一面擔水澆菜，一面輕聲哼著不知什麼調子。

（然那不知道究竟是哪個「齋姑」，加重了整個事件不清不楚的詭譎，無端的讓王齊芳感到極致的驚恐，彷若「功德堂」裡二十幾個齋姑人人都和這不知是怎樣的事件裡有關，便似二十幾個黑色布袍的身影鬼影幢幢全周圍著濃月打轉、令人窒息的無所不在。）

即便濃月無需鹽水裡揉搓菜蔬，那「功德堂」醬菜外賣的生意也維持不多久。隨著經濟起飛，整個島嶼成為大型加工廠，似乎所有的女人們都忙著到工廠上工，或將手工藝品帶到家中來作。

那樣經濟剛起飛全島嶼陷入一片繁忙，吃素的人明顯減少，工廠更推出大量快速製成的醬菜，價格低廉，誰還管它什麼「全素」不「全素」。

「功德堂」的醬菜全面滯銷，除了醃製自己堂內吃的醬菜外，還剩好幾十只作醬菜的大醬缸，站於院落一角，任憑風吹雨淋。

有一陣子王齊芳還聽得「功德堂」裡有齋姑和齋姑吵架後大打出手，有個齋姑自此不見蹤影。傳言有一說她是被毆至死，為了怕驚動警察前來調查有損「功德堂」名聲，二嬸著那齋姑將她分屍切成塊，就裝入那些大醬缸內，以鹽醃著，才不至有臭味外逸。

傳言更指稱，有負責醃醬菜的齋姑不察，將新醃的醬菜錯置入那裝有屍塊的醬缸，屍身與醬菜一起醃泡，「功德堂」的醬菜方如此鮮甜……

雖然有說法是別處齋堂散佈的傳言，好打擊「功德堂」的醬菜，才會驟然之間醬菜全面滯銷。

王齊芳至此不敢吃任何醃製的醬菜。

每回玩躲貓貓捉迷藏，也不敢靠近那堆原最好藏身的大醬缸，生怕一不小心，也難逃被醃漬在裡面；或者，那藏身的大醬缸，突然伸出一隻漬得像蘿蔔乾紅褐醬色皺皺的手，將她拉入醬缸內。

那醬缸不及她身高，即便被拉入內，站立起來能將口鼻升出水面。然王齊芳不能不一再懼怕著，那醬缸全身光滑無從著力無法爬出，將永遠被漬囚於內。

漬在醬汁裡的自身，遍體為汁液包覆，還能低眼下望，自體身上的水液，一點一滴的被脫乾。（那醬汁果真入侵？是為水液，柔質軟弱，何以也能如此襲擊。同為水液，又何苦如此交相逼迫！）

而且長時逐日的浸漬入侵，就此永遠不得出脫，還得眼睜睜的低頭下看，直至交替出全身的最後一滴體液，方可以是終點盡處。

差不多也就在這「功德堂」醬菜全面滯銷的時候，市面上開始有人推出稱作素雞、素鴨、素肉的素食，宣稱是吃者的福報，不論吃葷吃齋者皆宜。

一開始購買的也果真是葷食者，不在乎這雞、鴨、肉的表相。切開這素雞、素鴨、素肉，發現也只是由黃豆製成，只不過不似以往只作成豆包、豆皮，而全以雞、鴨、肉造型，作出一隻一隻模樣大小神似雞、鴨、豬肉的豆類製品。

有的還推出素腸，真像一截截豬大腸，素火腿、素肉，作得更像一條條三層肉。

葷食者買來多半為祭拜用，有雞、鴨、肉形樣，祭拜不論祖先鬼神，都豐富好看，又是豆類製品，一如拜素食不用殺生，期能較少作孽，才不至得到報應。

便一定有像「阿清官」這樣茹素的人，而且為數不少，出聲批評：

「吃素的人還真要買這種東西來吃?吃素吃得這樣不清不潔，真是笑破人的嘴。吃素就吃素，哪有素食外表還要作得像雞、鴨、豬肉。要這樣，乾脆直接吃雞、鴨、肉就好。吃什麼素。」

尼姑齋姑們更齊念阿彌陀佛：

「心如不清淨，仍著於外相，吃素還不忘情雞、鴨、肉。」

其時正在全面經濟起飛的島嶼，由代工外貿開始賺進大量的財富，人們似乎也十分樂於接受新的事物，逐漸的有在家修行的人開始食用，說是為圖方便，私下傳言則說真正理由是為著口味不差。

只有寺廟與像「功德堂」這樣的齋堂，仍然拒用。

直到發生了那件事。

從有「功德堂」以來，二嬸第一次出如此重手作出懲罰。

被毒打一頓、連夜趕出「功德堂」的，便是濃月和王齊芳分辨不出的那個齋姑。雖然一再仔細打探，即便「阿清官」與跨過院子低矮的竹圍籬前來串門子的女人們，都不願提起兩個齋姑究竟犯了何罪，王齊芳費盡心力，才隻字片語的聽來也不知是否與她們兩人相關的傳言，有的說兩人出了「功德堂」後無處可去，相偕服毒，但只死了一個，一個受不住毒發的痛苦，爬去喝了近旁水溝內的水，結果被救活了。

（有的說法是兩人相偕上吊、投井。）

但不管以何種方式要尋短，總是有一人死意堅決，死了。而另一人活了下來。

王齊芳持續百般打探究竟死了是誰而誰活了下來、活下來的結果又如何，都不可得。

對「阿清官」和她周圍說長道短的女人們，「濃月這件事」似乎是最見不得人的羞恥，是絕不能讓孩子知道「教壞囝仔大小」的恥辱。

當然更不用講能打探得知濃月和那齋姑，究竟作了什麼要招致這樣的懲罰。

3

辦完父親葬禮，家人紛紛要各奔前程，重將老宅大門上鎖前，王齊芳再次來到老宅院落。

童小父親在內烹煮野味的「防空壕」早已填平，父親種的一園花木在他病後大多枯死，只留下空蕩蕩的一個大院落十分荒涼。當年區隔三兄弟家園的低矮竹圍籬自然早已不見，王齊芳仍不免想起，父親便是在這裡看到那只有半截的下半身，穿古早清朝人、他的父祖方穿的那種青藍色的「色褲」，跨越圍籬。

竹圍籬外原銜接的「功德堂」後院更是早已不在，自鹿城雷厲風行的實施「都市計畫」，「功德堂」原有的大院落與老宅，被斜斜的開闢出一條有十米的道路貫穿，原供奉神明與神主牌的大廳成為大馬路路心。

所幸這時二嬸早已過去，接手「功德堂」的是三女兒，與當年的二嬸同具經營能力，在「都市計畫」開闢了十米道路、兩旁的地成為值錢的新都市中心後，與建商談合建，蓋起了一幢幢透天厝樓房。

或租或售，二女兒將幾間透天厝樓房有效的利用，剩餘的邊間保留為原來的「功德堂」，原來的齋姑老弱，全被打發走。三女兒不曾繼承母親的特異能力，請來據說有第三隻眼的「尪姨」，將「功德堂」成功的轉型為一神壇，祭拜「玄天老母」，原供奉的神明與神主牌不見，至於如何處理遷至何處，王齊芳也不敢探問。

只心中不免感慨，那二嬸當年在政治高壓的「白色恐怖」時期，膽敢於「功德堂」置放鹿城世家施進士一家巨大牌龕，當年施進士一家被認為與「二二八事件」相關，幾至形同慘遭滅門，偌大家族離散連先人牌位都無子孫要供養。

如今台灣平和的過渡到民主，被迫害者成了執政黨，那過往辛苦保留的牌位，如今反倒不知流散何方（或還可曾安在？）。

而二嬸過世前纏綿病榻多時，更令鹿城老輩紛紛覺得不值。

王齊芳有記憶以來，二嬸便一直茹素。自二伯父戰後不曾歸來，二嬸即開始吃長齋，而且是連奶、蛋都不吃的最高齋戒，說是怕萬一吃到的蛋已經「成形」是受精卵，可以孵出生命，等同於殺生；而奶為餵食小生命，爭食亦是另種毀生。

這樣嚴格乾淨的茹素，並不曾讓二嬸死前免於病痛。反倒是據說二嬸晚年一直為腸胃疾病所苦，一吃下不論任何東西，立時腹痛如絞，到晚期連喝口水都能痛得在床上打滾哀號，連醫生都束手無策。

最後二嬸可說是死於長期營養不良，簡單的講是飢渴而死。

（鹿城女人們在最私密的耳語裡，方又提及「濃月」那事。一世的功德，也彌補不了一件人們眼中「必然的惡」。果真因果循環、報應立時！）

幾許惆悵，於荒敗的老宅院落，許是那盛暑炎夏的高溫，那片刻間，舊日「功德堂」於王齊芳眼中開展的是穿過中台灣長年陽光滿種菜蔬的院落，必須先經由的黑暗長條甬道與一處火焚般的廂房。

那時節齋姑們既是吃素，「全素」連蛋、奶都不能吃，除了菜蔬外，也吃不起昂貴的香菇菌類髮菜等，便只吃豆類製品。早年「功德堂」草創時為節省開支，齋姑們得自己在堂內作豆皮。

作豆皮的過程繁複，先將黃豆用石磨磨成汁，再放到平底的大鍋內熬煮，表面的豆汁水分蒸發後會再凝結成薄薄一層膜，這時便得有技巧的用長筷子將豆膜挑起，置乾後成一張張豆皮。

這製成的豆皮，是齋食裡的豆類最主要的來源。少女時節王齊芳曾深感神奇的以模具壓成一隻隻有模有樣的鮮蝦，用的原料即是豆皮。

其他幾可亂真的「素火腿」、「素雞」、「素鴨」等等，更是以模具將豆皮壓成一隻隻的雞鴨豬，連皮上的毛細孔都清楚可見。嚼咬起來因硬度不同，還好似真吃到不同的肉質口感。

這豆皮便是一切變化的來源，化腐朽為神奇的基點。

而於「功德堂」，這由黃豆轉化而成的製品，代表了可以不殺生能不造孽的食物，製作過程自然必需「全素」，還得潔淨不受任何污染。閒雜人等不能靠近外，有時嚴格要求，連有月經來潮的齋姑，都不得參與，方不至引帶來任何不潔的東西。

「功德堂」作豆皮的地方便是供奉神明與神主牌的大廳旁廂房，黑暗的廂房裡終年火勢不斷。熬煮豆汁的平底大鍋有女人手臂環抱大小，共有六口圓鍋，排排立著，不知為何總讓王齊芳感到有若一長排圓圓蓮花蓮葉，真可以踩踏著一步步通往另域，也許果真會是個極樂世界。

所謂的一步一蓮花吧！

然這只有在寒冷的冬天。平底大鍋下面燒的是木屑壓成的木屑餅，火力持久且強大，一起火即得顧好火勢不能中斷、亦不能過大太小，好將柴火使用到最大的效益。更有此一說，如若柴火突然間熄滅，除了整鍋豆汁可能報銷，還代表會有不幸的禍事即將發生。

「功德堂」人口眾多，所需的豆皮數量極大，便差不多一年四季齋姑們都得在此輪替，小心翼翼看好每口鍋的柴火，沒日沒夜的將豆汁蒸煮出來的豆膜一張張撈起、晾乾。

冬天，這裡會是「功德堂」唯一溫暖的所在。

夏天時就算不是盛夏，只消一起火熬煮，蒸騰的熱氣薰得一旁挑豆皮的齋姑滿臉大汗，一身黑袍盡濕。蒸騰的熱氣成絲絲縷縷的煙霧，也使得一身黑袍的齋姑，一個個看來像虛晃的遊魂，飄浮在黑暗中。

那高溫的熱加上水氣，是一種極其沉重的悶熱，重重的裹在身上拖著往火坑裡下墜似的。幾是封閉的室內只有高處一扇小窗，無以通風，整個採光不良的黑暗廂房裡，跳動的紅色火焰，再加上置於一旁的石磨——那地獄圖裡必有的描繪——作惡多端的人半身仍卡在石磨口，另半截手腳或身軀，已被磨成濃稠血汁，正從石磨口汩汩流出……

（那豆汁亦是另一種磨出的血液？在大鍋下燒燃的跳動紅色火焰渲染下，血色鮮濃？）

童小時候的王齊芳，尚可偷偷溜到此處玩耍，到上了中學，有時要到「功德堂」借道走經此地，都不敢讓二嬸看到，還得小心翼翼齋姑的臉色，否則立即被驅趕開來。愈發使得這廂房好似隱藏著什麼，更不知怎的總覺得，那傳說中的火獄即如此。

特別據聞濃月與那不知名的齋姑發生事情的，即在這燠熱黑暗的作豆皮廂房一角，而蒸騰的煙霧並不曾遮掩去正進行的……

（及長所謂懂事後，王齊芳瞭解到如果事情發生在寒冬，這裡日夜暖和只著薄衫，甚且無需衣著。是整個「功德堂」眾人都愛藉故來此的所在。只是不是同來此尋求溫暖的齋姑們，反倒成為致命的告密者？）

而如果在盛夏，這裡又會成怎樣的人間煉獄？

（那高溫蒸騰的熱氣使得齋姑身上一身黑袍盡濕，黏黏的全貼上身，全身曲線清楚可見……?!）

這事件喧騰成如此隱密的耳語，且長時流轉不斷，讓王齊芳深切記得。特別是幾乎是立刻的，「功德堂」也不再自己製造豆皮，改採用外面大量製成的素雞、素鴨、素肉、素腸祭拜與吃食。

二嬸的理由是買的價格低廉，自己製造豆皮光是柴火，即不敷成本。

由著以清修著名的「功德堂」開始採用這素雞、素鴨、素肉、素腸，其他的齋堂也逐步跟進，最後連寺廟也棄守。

算是這素雞、素鴨、素肉、素腸方才全面攻佔市場。

「功德堂」的齋姑們也樂意接受，除了工作量暫時減少（二嬸不多久即找來另外的活）。據說齋姑們喜歡外面大量製成的這素雞、素鴨、素肉、素腸，因為裡面摻有許多味素，吃來較鮮甜。

（在她們吃食的如此慘淡的飯菜中，這素雞、素鴨、素肉、素腸裡的味素，想必是唯一具鮮甜口感的來源。）

「功德堂」的日子持續，也許有的齋姑還覺得更好。

只那幾口大鍋與石磨，不知搬到何方。空出的廂房經二嬸打理，很快成為來作功德有錢、有地位的人暫住過夜的雅房。

（來此淨身淨心的有錢、有地位的人，果真在此悔罪並得到救贖？）

於今不只這廂房早已拆除，舊有的「功德堂」也已然不在。只剩下「都市計畫」新蓋的一間又一間的三樓透天厝。

辦完父親葬禮後臨離去前於老宅院落，面對著新蓋的樓厝，其時的王齊芳早已然能猜測到當年濃月與那不知是誰的齋姑之間可能發生的。而被讚許有擔當、長年茹素等候那不可能歸來的丈夫的二嬸，卻造成了她們的覆亡。

嘆息著來到王齊芳心中的是葬禮時，前來父親靈前誦唸的法師口中持誦的：

是日已過　命亦隨滅
如少水魚　斯有何樂
眾等
當勤精進　如救頭然
但念無常　慎勿放逸

悚然的警覺。啊！是啊！是日已過，命亦隨滅。逝去的何只是相關的人的時日與生命，不也是自己。那色即是空、空即是色、色不異空、空不異色，一切果真只是如霧又如電、如夢亦如幻？於一切盡是無常中，何處方是依歸？

卻是不論如何覓求將來的解脫之道，眼前已然失去的父親都不能回轉。就此不再的錐心失落，一陣強烈哽咽臨上，帶來有若阻塞住了整個喉頭的突來痙攣（是不是那鯁住的魚刺的刺痛的印記仍在）？一時不知怎的食道氣管竟全然堵住不通，嗆著的好似有相當時間都喘不出一口氣。

死亡的恐懼驟至。

王齊芳本能的趕緊深深的吞嚥，那吞嚥牽動了整個嘴裡下顎喉嚨的一連串肌肉拉緊，痙攣不再，整個人方緩過一口氣，食道氣管口鼻通暢了起來。

是啊！是日已過，命亦隨滅，然至少、至少，還有這一口氣在胸前。

（而勿放逸果真便如救頭然？）

就在這片刻，一個念頭突來到王齊芳心中，生平第一次，王齊芳想到：

「或許母親是對的，該用素齋來祭拜父親。」

然後，止不住的，王齊芳微微的笑了起來，那笑紋愈來愈大，終至佔滿整個臉面。

而潸潸的淚，滿滿溢出眼眶。

文學啟示錄

001 人生歌王	王禎和著	$260
003 開放的耳語	瘂弦主編	$110
006 如何測量水溝的寬度	瘂弦主編	$130
010 烟花印象	袁則難著	$110
011 呼蘭河傳	蕭　紅著	$180
015 因風飛過薔薇	潘雨桐著	$130
018 文學·政治·知識分子	邵玉銘著	$100
019 並不很久以前	張　讓著	$140
023 茱萸集	汪曾祺著	$260
024 今生緣	袁瓊瓊著	$300
025 陰陽大裂變	蘇曉康著	$140
028 追尋	高大鵬著	$130
029 高行健短篇小說集	高行健著	$260
031 獵	張寧靜著	$120
032 指點天涯	施叔青著	$120
033 昨夜星辰	潘雨桐著	$130
034 脫軌	李若男著	$120
035 她們在多年以後的夜裡相遇	管　設著	$120
036 掌上小札	蘇偉貞等著	$100
037 工作外的觸覺	孫運璿等著	$140
041 變心的故事	陳曉林等著	$110
043 影子與高跟鞋	黃秋芳著	$120
044 不夜城市手記	蔡詩萍著	$180
045 紅色印象	林　翎著	$120
046 世人只有一隻眼	凌　拂著	$120
050 黑夜裡不斷抽長的犬齒	梁寒衣著	$120
051 鬼的狂歡	邱妙津著	$150
052 如花初綻的容顏	張啟疆著	$100
053 鼠咀集——世紀末在美國	喬志高著	$250
054 心情兩紀年	阿　盛著	$220
056 三十男人手記	蔡詩萍著	$180
057 京都會館內褲失竊事件	朱　衣著	$120
058 我愛張愛玲	林裕翼著	$120
059 袋鼠男人	李　黎著	$140
060 紅顏	楊　照著	$120
062 教授的底牌	鄭明娳著	$130
069 我們在這裡分手	吳　鳴著	$130
070 家鄉的女人	梅　新著	$110
074 大車拚	王禎和著	$150
076 迷宮零件	林燿德著	$130
077 紅塵裡的黑尊	陳　衡著	$140
078 高陽小說研究	張寶琴主編	$120
079 森林	蓬　草著	$140
081 小說、小說家和他的太太	張啟疆著	$140
083 兒女們	履　彊著	$140
084 典範的追求	陳芳明著	$250
085 浮世書簡	李　黎著	$200
086 暗巷迷夜	楊　照著	$180
087 往事追憶錄	楊　照著	$180
090 唐吉訶德與老和尚	粟　耘著	$140
091 佛佑茶腹鳾	粟　耘著	$160
092 春風有情	履　彊著	$130
093 沒人寫信給上校	張大春著	$250
094 舊金山下雨了	王文華著	$220
096 地上歲月	陳　列著	$180
097 地藏菩薩本願寺	東　年著	$120
098 四十年來中國文學	邵玉銘等編	$500
100 性別越界	張小虹著	$180
101 行道天涯	平　路著	$180
102 花叢腹語	蔡珠兒著	$180
103 簡單的地址	黃寶蓮著	$160
105 文化採光	黃光男著	$160
106 文學的原像	楊　照著	$180
107 日本電影風貌	舒　明著	$300
109 夢書	蘇偉貞著	$160
110 大東區	林燿德著	$180
111 男人背叛	苦　苓著	$160
112 呂赫若小說全集	呂赫若著	$500
113 去年冬天	東　年著	$150
114 寂寞的群眾	邱妙津著	$150
115 傲慢與偏見	蕭　蔓著	$170
116 頑皮家族	張貴興著	$160
117 安卓珍尼	董啟章著	$180
118 我是這樣說的	東　年著	$150
120 蒙馬特遺書	邱妙津著	$180
121 飲食男	盧非易著	$180
122 迷路的詩	楊　照著	$200
123 小五的時代	張國立著	$180

172	夢的終點	陳芳明著	$200
173	時間長巷	陳芳明著	$200
174	掌中地圖	陳芳明著	$200
175	傳奇莫言	莫　言著	$200
176	巫婆の七味湯	平　路著	$200
177	我乾杯，你隨意	蕭　蔓著	$180
178	縱橫天下	舒國治等著	$150
179	長空萬里	黃光男著	$180
180	找不到家的街角	徐世怡著	$200
181	單人旅行	蘇偉貞著	$200
182	普希金秘密日記	普希金著	$250
183	喇嘛殺人	林照真著	$300
184	紅嬰仔	簡　媜著	$250
185	寂寞的遊戲	袁哲生著	$180
186	歡喜讚歎	蔣　勳著	$240
187	新傳說	蔣　勳著	$200
188	惡魔的女兒	陳　雪著	$200
189	與荒野相遇	凌　拂著	$220
191	大規模的沉默	唐　捐著	$200
192	尋人啟事	張大春著	$240
193	海事	陳淑瑤著	$180
194	一言難盡	喬志高編著	$260
195	女流之輩	成英姝著	$200
196	第三個舞者	駱以軍著	$280
197	放生	黃春明著	$220
198	布巴奇計謀	翟若適著	$280
199	曼那欽的種	翟若適著	$280
200	NO	翟若適著	$280
201	少年軍人紀事	履　彊著	$200
202	新中年物語	履　彊著	$200
203	非常的日常	林燿德著	$200
204	鏡城地形圖	戴錦華著	$240
205	愛的饗宴	東　年著	$160
206	祝福	蔣　勳著	$180
207	眼前即是如畫的江山	蔣　勳著	$180
208	情不自禁	蔣　勳著	$220
209	寫給Ly's M-1999	蔣　勳著	$180
210	兵俑之戀	朱　夜著	$180
211	手記描寫一種情色	林文義著	$180
124	夜間飛行	劉叔慧著	$170
125	危樓夜讀	陳芳明著	$250
127	晴天筆記	李　黎著	$180
128	自戀女人	張小虹著	$180
129	慾望新地圖	張小虹著	$280
131	旅行的雲	林文義著	$180
132	康特的難題	翟若適著	$250
133	散步到他方	賴香吟著	$150
134	舊時相識	黃光男著	$150
135	島嶼獨白	蔣　勳著	$180
137	導盲者	張啟疆著	$160
138	老天使俱樂部	顏忠賢著	$190
139	冷海情深	夏曼·藍波安著	$180
141	夜夜要喝長島冰茶的女人	朱國珍著	$180
142	地圖集	董啟章著	$180
143	更衣室的女人	章　緣著	$200
145	燦爛的星空	馬　森著	$300
146	呂赫若作品研究	陳映真等著	$300
147	Café Monday	楊　照著	$180
148	我的靈魂感到巨大的餓	陳玉慧著	$180
150	履歷表	梅　新著	$150
151	在山上演奏的星子們	林裕翼著	$180
152	失蹤的太平洋三號	東　年著	$240
153	百齡箋	平　路著	$180
154	紅塵五注	平　路著	$180
155	女人權力	平　路著	$180
156	愛情女人	平　路著	$180
158	台灣查甫人	王浩威著	$180
159	黃凡小說精選集	黃　凡著	$280
161	古典與現代的女性闡釋	孫康宜著	$220
162	夢與灰燼	楊　照著	$200
163	洗	郝譽翔著	$200
164	朱鴒漫遊仙境	李永平著	$380
165	兩地相思	王禎和著	$180
166	再會福爾摩莎	東　年著	$160
168	文學評論百問	彭瑞金著	$240
169	本事	張大春著	$200
170	初雪	李　黎著	$200
171	風中蘆葦	陳芳明著	$200

CONTENTS

262	你是否愛過？	陳玉慧著	$ 260
263	漂木	洛　夫著	$ 280
264	男人的育嬰史	賴瑞和著	$ 200
265	未來，一直來一直來	林正盛著	$ 350
266	一隻蝴蝶飛過	柯淑卿著	$ 200
267	月蝕的七個半夜	楊　煉著	$ 200
268	河潮	友　友著	$ 200
269	樹猶如此	白先勇著	$ 360
270	文字的故事	唐　諾著	$ 249
271	衣魚簡史	董啟章著	$ 230
272	愛的考驗	尤果·韓米爾頓著	$ 230
273	外省書	張　煒著	$ 260
274	紀弦回憶錄	紀　弦著	$ 750
275	北風之南	林文義著	$ 200
276	天涯海角	簡　媜著	$ 280
277	華太平家傳	朱西甯著	$ 800
278	夢中書房	羅智成著	$ 220
279	馬克斯之死	翟若適著	$ 299
280	盲目地注視	黃國峻著	$ 200
281	麥克風試音	黃國峻著	$ 190
282	阿難	虹　影著	$ 280
283	仰天45°角	黃寶蓮著	$ 200
284	我和我豢養的宇宙	鍾怡雯著	$ 180
285	我凝視	平　路著	$ 240
286	海浪的記憶	夏曼·藍波安著	$ 220
287	哭泣哭泣城	阮慶岳著	$ 180
288	藥罐子	李欣倫著	$ 230
289	南方絳雪	蔡珠兒著	$ 220
290	百年追問	蕭關鴻著	$ 280
291	在百貨公司遇見狼	張小虹著	$ 260
292	因為孤獨的緣故	蔣　勳著	$ 160
293	俳句一百首	馬悅然著	$ 230
294	我年輕的戀人	陳義芝著	$ 200
295	一首詩一個故事	吳　晟著	$ 220
296	筆記濁水溪	吳　晟著	$ 260
297	楊牧	張惠菁著	$ 250
298	另一種鄉愁	馬悅然著	$ 220
299	孔雀的叫喊	虹　影著	$ 230
300	疫	章　緣著	$ 260

212	逆旅	郝譽翔著	$ 180
213	大水之夜	章　緣著	$ 200
214	知識分子	龔鵬程著	$ 240
215	雨中的法西斯刑場	鍾　喬著	$ 200
216	浮生逆旅	吳　鳴著	$ 200
217	夾縫中的族群建構	孫大川著	$ 200
218	山海世界	孫大川著	$ 240
219	北歸南回	段彩華著	$ 280
221	凝脂溫泉	平　路著	$ 200
222	女性觀照下的男性	李仕芬著	$ 280
224	秀才的手錶	袁哲生著	$ 200
225	尋找紅氣球	李　黎著	$ 200
226	玫瑰蕾的名字	李　黎著	$ 200
227	度外	黃國峻著	$ 220
228	金絲猿的故事	李　渝著	$ 180
229	一九五〇仲夏的馬場町	徐宗懋編撰	$ 199
230	島	賴香吟著	$ 200
231	月球姓氏	駱以軍著	$ 350
232	獵雷	陳玉慧著	$ 230
233	知識與愛情	龔鵬程著	$ 240
234	經典與現代生活	龔鵬程著	$ 240
235	漫遊者	朱天心著	$ 200
236	小王子	聖德士修百里著	$ 160
245	猴杯	張貴興著	$ 280
246	日與月相推	向　陽著	$ 180
247	跨世紀傾斜	向　陽著	$ 160
248	深山夜讀	陳芳明著	$ 250
249	山地門之女	江文瑜著	$ 280
250	美麗蒼茫	王定國著	$ 320
251	革命家的夜間生活	林文義著	$ 260
252	台灣好女人	藍博洲著	$ 240
253	消失在歷史迷霧中的作家身影	藍博洲著	$ 360
254	當代大陸文學史教程	陳思和主編	$ 380
255	台灣現代詩經緯	林明德著	$ 400
256	文學場域的變遷	張誦聖著	$ 260
257	一枝煎匙	宋澤萊著	$ 320
259	那些人那些故事	楊　照著	$ 200
260	跨越	佛瑞斯特·威爾遜著	$ 220
261	母親	高行健著	$ 160

340 大學之賊 黃 凡著 $ 300
341 給福爾摩莎寫信 東 年著 $ 230
342 聯合文學20年短篇小說選（1984～2004）
張寶琴主編 $ 450
343 紐西蘭的文學旅程 石帝文著 $ 260
344 英瑪，逃亡者 周丹穎著 $ 160
345 性，藝術與永生 翟若適著 $ 320
346 我們其實不需要住所 向 陽著 $ 200
347 青春三部曲 吳錦發著 $ 260
348 溫柔些，再溫柔些 李敏勇著 $ 200
349 奇怪的溫度 陳明才著 $ 350
350 感覺結構 張小虹著 $ 250
351 經史子集 李奭學著 $ 450
352 Indigo藍 黃寶蓮著 $ 200
354 流動的郵局 李儀婷著 $ 180
355 台灣島巡禮 廖鴻基著 $ 350
356 那年夏天，最寧靜的海 郝譽翔著 $ 280
357 加油，人生！ 王壽來著 $ 220
358 食在凡間 朱振藩著 $ 250
359 姐妹書 蔡素芬著 $ 200
360 妻的容顏 吳錦發著 $ 200
361 少女之夜 許正平著 $ 250
362 貓之猜想 黃 凡著 $ 240
363 漩渦 柯品文著 $ 180
364 寂靜之聲 師瓊瑜著 $ 260
365 日本文學導遊 林水福著 $ 280
366 冰箱 柯裕棻著 $ 200
367 驅魔 施叔青著 $ 220
368 公主徹夜未眠 成英姝著 $ 230
369 擦肩而過 章 緣著 $ 230
370 黃小艾 聞人悅閱著 $ 260
371 人類不宜飛行 成英姝著 $ 250
372 膚淺 張小虹著 $ 260
373 在這個美的世界 廖仁義著 $ 200
374 食家列傳 朱振藩著 $ 280
375 私人放映室 成英姝著 $ 230
376 秋天的婚禮 師瓊瑜著 $ 200
377 紅爛廚娘 蔡珠兒著 $ 230
378 黃凡後現代小說選 黃 凡著 $ 280

301 勸學 福澤諭吉著 $ 240
302 日蝕 平野啟一郎著 $ 200
303 魔幻之眼 南方朔著 $ 250
304 暗示 韓少功著 $ 380
305 看天族 黃武忠著 $ 299
306 星移幾度 賈福相著 $ 250
307 鴛鴦蝴蝶 趙 川著 $ 180
308 歌聲戀情 路寒袖著 $ 200
309 憂鬱三千公尺 路寒袖著 $ 170
310 安住亂世 向 陽著 $ 200
311 印象國度 黃光男著 $ 200
312 第九味 徐國能著 $ 200
313 太平盛世 聞人悅閱著 $ 200
314 魯賓遜漂流記 林正盛著 $ 200
315 如何打敗可口可樂 翟若適著 $ 220
316 躁鬱的國家 黃 凡著 $ 220
317 上裸男孩 席德進著 $ 280
318 孤飛之鷹 席德進著 $ 280
319 是或一點也不 黃國峻著 $ 220
320 水門的洞口 黃國峻著 $ 160
321 飛翔的麒麟（上） 辻原登著 $ 280
322 飛翔的麒麟（下） 辻原登著 $ 280
323 黑蝴蝶 孫 禹著 $ 240
324 人在北京 陳平原著 $ 300
325 銀色仙人掌 龍應台著 $ 230
326 雲吞城市 蔡珠兒著 $ 200
327 鶴止步 虹 影著 $ 220
328 看得見的鬼 李 昂著 $ 230
329 與自己和好 王浩威著 $ 200
330 朋友 高行健著 $ 230
331 心在何處 施叔青著 $ 260
332 霧散的時候 彭瑞金著 $ 200
333 人物速寫 林文月著 $ 200
334 有病 李欣倫著 $ 230
335 地老 陳淑瑤著 $ 160
336 沙戲 王定國著 $ 200
337 靈犀之眼 南方朔著 $ 260
338 春琴抄 谷崎潤一郎著 $ 160
339 讀心之書 平 路著 $ 250

CONTENTS

聯合文學

含平郵郵資，如欲掛號，每本另加20元
劃撥帳號：17623526 聯合文學出版社有限公司
社　　址：台北市基隆路一段180號10樓
服務專線：(02)2766-6759　2763-4300轉5107
傳　　真：(02)2749-1208編輯部　2756-7914業務部

聯合文叢 397

鴛鴦春膳

作　　者／李　昂
發 行 人／張寶琴
總 編 輯／周昭翡
主　　編／蕭仁豪
資深編輯／尹蓓芳
資深美編／戴榮芝
業務部總經理／李文吉
行銷企劃／許家瑋
發行助理／簡聖峰
財 務 部／趙玉瑩　韋秀英
人事行政組／李懷瑩
版權管理／蕭仁豪
法律顧問／理律法律事務所
陳長文律師、蔣大中律師
出 版 者／聯合文學出版社股份有限公司
地　　址／（110）臺北市基隆路一段178號10樓
電　　話／（02）27666759轉5107
傳　　真／（02）27567914
郵撥帳號／17623526聯合文學出版社股份有限公司
登 記 證／行政院新聞局局版臺業字第6109號
網　　址／http://unitas.udngroup.com.tw
E-mail:unitas@udngroup.com.tw
印 刷 廠／瑞豐實業股份有限公司
總 經 銷／聯合發行股份有限公司
地　　址／（231）新北市新店區寶橋路235巷6弄6號2樓
電　　話／（02）29178022

出版日期／2007年8月　　初版
2018年4月30日　初版五刷第一次
定　　價／250元

ISBN 978-957-522-716-6（平裝）

國家圖書館出版品預行編目資料

鴛鴦春膳／李昂著. --

初版. -- 臺北市 ：聯合文學, 2007〔民96〕

272面 ；14.8×21公分. --（聯合文叢；397）

ISBN 978-957-522-716-6（平裝）

857.7　　96013303